Carol Barton

Der magische Wunschzauber

Selina im Land der Sonnenkönigin

Carol Barton

Der magische Wunschzauber

Selina im Land der Sonnenkönigin

Band 3

Aus dem Englischen
von Sabine Tandetzke

Ravensburger Buchverlag

Für Amy, in Liebe

Bibliografische Information der Deutschen Nationalbibliothek

Die Deutsche Nationalbibliothek verzeichnet diese Publikation in der Deutschen Nationalbibliografie. Detaillierte bibliografische Daten sind im Internet über *http://dnb.d-nb.de* abrufbar.

1 2 3 11 10 09

Die Originalausgabe erschien 2006
unter dem Titel „Princess Wishes"
bei Scholastic Ltd., London

Umschlagillustration: Almud Kunert
Lektorat: Marthe Westphal

Printed in Germany

ISBN 978-3-473-36803-7

www.ravensburger.de

Zavania
Der Sonnenberg
Wolkenberge
Zenedig
Das königliche Schloss

Inhalt

Prinzessin Clarissa hat alles, was ein Mädchenherz höherschlagen lässt: viele Freundinnen, ein riesiges Zimmer, wunderschöne Kleider, funkelnden Schmuck und einen Stall voller Pferde. Mit ihren Eltern und ihrem Bruder lebt sie in einem traumhaften Schloss im magischen Land Zavania. Doch dann passiert etwas Schlimmes …

Ein neues Abenteuer

„Ich habe gehört, dass Jessica drei Preise bekommen soll“, sagte Selina.

„Dann ist sie bestimmt noch ekliger als sonst“, erwiderte ihre beste Freundin Lara bedrückt. „Weißt du, für welche sie vorgeschlagen wurde?“

„Na, auf jeden Fall wird sie den Mathepreis abstauben“, antwortete Selina, während sie ihre Bücher aus der Schultasche holte, „und wahrscheinlich auch noch den für besondere sportliche Leistungen. Schließlich hat sie dieses Jahr so gut wie jeden Wettbewerb gewonnen.“

„Und der dritte?“, fragte Lara.

„Keine Ahnung.“ Selina zuckte die Achseln. „So wie ich Jessica kenne, kriegt sie glatt noch den Sonderpreis unserer Rektorin für das außergewöhnlichste Mädchen des Jahres.“

Lara prustete los, weil Selina die Stimme der Schulleiterin richtig perfekt nachgemacht hatte. Doch plötzlich wurde sie ganz ernst und fragte: „Glaubst du, dass du einen der diesjährigen Schulpreise bekommst?"

„Nö, eher nicht." Selina schüttelte den Kopf. „Und du?"

„Kann ich mir nicht vorstellen ... obwohl ..." Lara zögerte.

„Ja?", hakte Selina nach.

„Meine Minipizzas neulich waren ziemlich klasse und mein Schokoladenkuchen auch. Deswegen hoffe ich, dass ich den Hauswirtschaftspreis gewinne."

„Oh, Lara, das wäre ja super!", rief Selina.

„Freu dich bloß nicht zu früh", bremste Lara ihre Begeisterung. „Wahrscheinlich wird Jessica sich den auch unter den Nagel reißen. Weißt du noch, wie sie diese kleinen Windbeutel gezaubert hat, während alle anderen haufenweise Pfannkuchen gebacken haben?"

Selina seufzte. „Ja, ich kann mich dunkel erinnern. Tja, heute Nachmittag sind wir schlauer", meinte sie.

„Kommt deine Mutter eigentlich auch zur Verleihung?“, fragte Lara. In dem Moment betrat die Deutschlehrerin die Klasse.

Selina nickte. „Ja, sie ist jedes Jahr dabei. Wahrscheinlich hat sie die Hoffnung noch nicht aufgegeben, dass ich auch mal einen Preis gewinne, aber das passiert sicher nie. Ist deine Mutter nachher da?“

Nun nickte Lara. „Hm. Aber mir ist das echt peinlich. Besonders, wenn ich nichts gewinne. Mir wär's lieber, sie würde nicht kommen.“

„Sind die beiden Damen mit dem Tratschen fertig? Ich würde nämlich gern mit dem Unterricht anfangen“, sagte Miss Higgs spitz.

„'tschuldigung“, murmelte Lara verlegen.

„Als Hausaufgabe solltet ihr das Gedicht auswendig lernen, das wir in der letzten Stunde besprochen haben. Ich bin gespannt, wie ihr damit zurechtgekommen seid.“

In der ganzen Klasse ertönte lautes Stöhnen und der eine oder andere jammerte: „Ich hab's vergessen.“

„Selina“, sagte Miss Higgs, „hast du es gelernt?“

„Äh, ja, Miss Higgs“, antwortete Selina.

„Würdest du es dann bitte für uns aufsagen?“

„Na, wo ist denn unsere kleine Streberin?“, flötete Jessica mit einem fiesen Grinsen im Gesicht. Es war Pause und die Mädchen saßen auf dem Mäuerchen am Sportplatz.

„Was meinst du damit?“, fragte Selina hitzig.

„Na, dass du das Gedicht Wort für Wort auswendig gelernt hast. Glaubst du etwa, damit könntest du irgendwen beeindrucken?“

„Das hatte ich überhaupt nicht vor“, erwiderte Selina. „Ich hab nur meine Hausaufgaben gemacht.“

„Puh!“ Jessica kräuselte angewidert die Nase, als fände sie es abartig, dass jemand das freiwillig tat. Sie wandte sich an ihre Freundinnen und sagte höhnisch: „Wetten, sie denkt, dass alle ihren Karottenkopf und die hässliche Zahnspange vergessen, wenn sie brav ein paar langweilige Gedichtzeilen nachplappert.“

„Beachte sie einfach nicht“, sagte Lara.

Selina biss sich auf die Unterlippe. Sie war Jessicas Sticheleien über ihr Aussehen schon gewöhnt. Trotzdem hätte sie dieser Zicke am liebsten unter die Nase gerieben, dass ihr das Talent zum Auswendiglernen bereits viel Glück gebracht hatte. Es war nämlich einer der Gründe, warum ihr Freund Sebastian sie immer wieder um Hilfe bat, wenn er einen Wunsch erfüllen sollte. Doch Selina verkniff sich jeden Kommentar, denn nur Lara durfte von ihren Abenteuern in Zavania erfahren.

„Es klingelt“, sagte Lara. „Komm.“ Sie hüpfte vom Mäuerchen und folgte den anderen ins Schulgebäude, während Selina langsam hinter ihnen hertrottete. Bei dem Gedanken an Sebastian fragte sie sich wohl zum hundertsten Mal, wann er endlich wiederkommen würde. Sie wusste, dass dies nur geschehen würde, wenn jemand sich etwas wirklich Wichtiges wünschte. Dann würde Zenobius, der Herr der Wünsche, seinen Lehrling Sebastian und den sprechenden Raben Zack zu Selina schicken, damit sie ihnen bei der Erfüllung des Wunsches helfen konnte.

Sie hatte die beiden bereits zweimal auf ihren abenteuerlichen Reisen begleitet. Beim ersten Mal ging es darum, ein Einhornfohlen zu seiner

Mutter zurückzubringen, und beim zweiten Mal mussten sie den gestohlenen Kamm einer Meerjungfrau wiederfinden.

Seit dem letzten Abenteuer war so viel Zeit vergangen, dass sie fast schon nicht mehr daran glaubte, ihre Freunde jemals wiederzusehen oder in das geheimnisvolle Land, in dem sie lebten, zurückzukehren.

Da Selina in der Nähe der Schule wohnte, ging sie zum Mittagessen immer nach Hause. Es war ein warmer Tag und Selina trödelte auf dem Heimweg. Weil sie an die Schulpreisverleihung dachte und daran, wer wohl gewinnen würde, bewegte sie sich nur noch im Schneckentempo vorwärts. Selina trat gerade durchs Gartentor, als ihre Mutter auch schon die Haustür aufriss.

„Da bist du ja endlich, Selina", rief sie. „Na los! Beeil dich ein bisschen. Ich habe dir Brote und Obst auf den Küchentisch gelegt. Ich muss noch mal schnell zur Post. Wenn ich zurückkomme, ziehe ich mich um, damit wir pünktlich zur Preisverleihung kommen."

„Geht klar", murmelte Selina. Sie sah ihrer

Mutter hinterher, die die Straße in Richtung Post entlangeilte.

Als Selina sich umdrehte, um ins Haus zu gehen, hörte sie es.

„Pst!“

Selina blieb wie angewurzelt stehen und sah sich um, konnte aber niemanden entdecken. Kaum hatte sie einen Schritt in Richtung Tür gemacht, hörte sie es wieder.

„Pssst!“

Erneut stoppte sie, doch es war keiner da.

„Hier oben!“, zischte eine Stimme über ihrem Kopf.

Selina blickte hoch. Auf den Stromkabeln, die zum Haus führten, saß ein großer schwarzer Rabe, eingerahmt von einem Spatzenpärchen und einer weißen Taube.

„Zack!“, rief Selina so freudig, dass die beiden Spatzen erschrocken aufflogen. Nur die Taube blieb sitzen, gurrte laut und rutschte ein bisschen näher an den, für sie anscheinend gut aussehenden, schwarzen Vogel heran.

„Hi, Baby!“, sagte Zack cool. Selina kannte ihn inzwischen gut genug, um zu wissen, dass er bloß eine Show abzog, um die Taube zu beeindrucken.

„Hat sich jemand etwas gewünscht?“, fragte Selina atemlos.

„Klar, Kleine“, antwortete Zack lässig wie ein James Bond mit Flügeln. „Scheint so, als wären wir wieder im Geschäft. Hopp, hopp, beeil dich und komm zum Fluss.“

„Das ist ja wunderbar!“, hauchte Selina. Sie wollte schon ins Haus stürmen, um ihr Mittagessen zu holen. Doch plötzlich blieb sie stehen, schlug die Hand vor den Mund und sah den Raben mit großen Augen an.

„Was ist denn?“, krächzte Zack. Er hatte seine Aufmerksamkeit bereits wieder der Taube zugewandt und blickte jetzt ungeduldig auf Selina hinunter.

„Ich kann nicht“, sagte sie kleinlaut.

„Was soll das heißen, du kannst nicht?“, fragte Zack. „Dieser Satz kommt in unserem Wortschatz nicht vor.“

„Ich muss nach dem Mittagessen mit meiner Mutter zur Verleihung der Schulpreise“, murmelte Selina.

„Okay, aber das ist *nach* dem Mittagessen. Ich wollte, dass du *jetzt* mitkommst."

„Ja, ich weiß, aber bin ich dann auch wieder rechtzeitig zurück?"

Der Rabe stieß einen tiefen Seufzer aus und stolzierte unter den bewundernden Blicken der Taube auf dem Stromkabel hin und her. „Ich dachte eigentlich, du hättest inzwischen kapiert, dass in eurer Welt keine Zeit vergeht, während du in Zavania bist. Du musst pünktlich zur Preisverleihung wieder da sein? Gut, dann bist du es auch. Alles null Problemo. Und jetzt geh und hol dein Mittagessen. Wir treffen uns dann unten bei den Trauerweiden." Er schlug mit den Flügeln und wandte Selina den Rücken zu, um sich seiner neuesten Eroberung endlich voll und ganz zuwenden zu können.

Freudestrahlend lief Selina ins Haus. Endlich!, dachte sie, während sie in die Küche stürmte und sich ihre Brote und das Obst schnappte. Sie nahm sich gerade so viel Zeit, den Orangensaft zu trinken, den ihre Mutter ihr hingestellt hatte. Dann flitzte sie durch die Hintertür in den Garten und kaute im Laufen. Endlich hatte sich irgendwer etwas Wichtiges gewünscht. Zack und Sebastian waren wiedergekommen, um *sie* zu holen, damit sie ihnen half, den neuen Wunsch zu erfüllen!

Von Zack war nichts zu sehen, als Selina über den Rasen und durch den Gemüsegarten ihres Vaters lief – genau auf die Trauerweiden zu, hinter denen der kleine Fluss lag. Als sie die Zweige zur Seite schob und hindurchspähte, waren zu ihrer großen Enttäuschung weder Sebastian noch sein Boot da.

Selina beugte sich vor, um ein Stück flussaufwärts zu schauen, aber die Weidenzweige bildeten einen dichten Vorhang. Abgeschirmt von der Hitze der Mittagssonne, war hier alles kühl, dämmerig und grün.

„Sebastian!“, rief sie leise. „Wo bist du?“

Alles blieb still. Doch auf einmal bildeten sich ganz sacht – so sacht, dass sie es fast nicht bemerkt hätte – kleine Wellen auf dem Wasser. Und dann kam ein Boot in Sicht.

Da war er! Sebastian stand im hinteren Teil des Bootes und lenkte es mit einer langen hölzernen Stange ans Ufer. Seinen schwarzen Umhang hatte er über eine Schulter zurückgeworfen, sodass man das weiße Hemd mit den weiten Ärmeln und die schwarze Samthose sehen konnte. Als er Selina entdeckte, die auf ihn wartete, breitete sich ein Lächeln auf seinem Gesicht aus. Seine dunklen Augen begannen zu strahlen.

„Hallo, Selina", sagte er.

„Sebastian", erwiderte sie. Selina musste blinzeln, um die Tränen zurückzuhalten, die ihr plötzlich in die Augen schossen. „Es hat so lange gedauert. Ich dachte schon, du hättest mich vielleicht vergessen."

„Das würde ich nie tun", sagte er und seine Stimme klang dabei ein bisschen heiser, ganz anders als sonst.

„Ich würde dich niemals vergessen, Selina. Aber du weißt doch, dass Zenobius mir nur erlaubt, eure Welt zu betreten, wenn es einen Wunsch zu erfüllen gibt."

„Ja, ich weiß." Selina seufzte. „Ich wünschte nur, dazwischen würde nicht immer so viel Zeit vergehen."

„Jetzt bin ich ja hier. Komm, steig ein!" Während Sebastian das Boot mit einer Hand ruhig hielt, streckte er die andere aus und half ihr an Bord.

„Wo ist eigentlich Zack?“, fragte er, nachdem Selina es sich auf den leuchtend bunten Kissen im Boot bequem gemacht hatte.

„Gute Frage“, erwiderte sie und lachte.

„Wie meinst du das?“ Sebastian runzelte die Stirn. „Sag nicht, er flirtet schon wieder. Wen hat er sich denn ausgesucht? Sind es Stare? Oder etwa Hühner?“

„Weder noch“, klärte Selina ihn auf. „Diesmal handelt es sich um eine überaus entzückende schneeweiße Taube ...“

„Oh nein!“, sagte Sebastian und verdrehte die Augen. „Hoffentlich hat er sich nicht verliebt. Das würde uns gerade noch fehlen. Ausgerechnet jetzt, während in Zavania alles drunter und drüber geht. Der ganze Palast ist in Aufruhr.“

„Ach, echt?“, fragte Selina. „Was ist denn passiert? Es geht aber nicht um Prinzessin Clarissa, oder?“

„So ist es. Sie hat sich mal wieder etwas gewünscht“, antwortete Sebastian.

Selina stöhnte auf. „Was will sie denn diesmal?

Möchte sie sich Delfine als Haustiere halten? Oder sollen die Äpfel zur Abwechslung mal nach Orangen schmecken?“

„Nein, diesmal ist es nichts in der Art“, sagte Sebastian mit ernster Miene. „Es geht um ihren Bruder“, fuhr er fort. „Um Kronprinz Frederik.“

„Was hat Frederik angestellt?“, fragte Selina neugierig. Sie hatte den Prinzen bis jetzt noch nicht getroffen und kannte ihn nur aus Zacks Erzählungen. Der Rabe hatte ihn als einen dummen Jungen beschrieben, der sich ständig mit Süßigkeiten vollstopfte.

„Er ist weggelaufen“, sagte Sebastian.

„Was?“ Selina starrte ihn an. Damit hatte sie überhaupt nicht gerechnet. „Das glaube ich jetzt nicht.“

„Aber, es stimmt wirklich.“ Sebastian nickte. „Anscheinend ist er vor zwei Wochen mit ein paar neuen Freunden verschwunden und will jetzt nicht mehr zurückkommen.“

„Au Backe“, meinte Selina. „Kein Wunder, dass das im königlichen Schloss einen ziemlichen Wirbel verursacht hat.“

„Das kannst du laut sagen.“ Zack war plötzlich am Ufer aufgetaucht und hüpfte nun ins Boot.

„Du hast dich also doch noch entschieden, uns zu begleiten“, sagte Sebastian belustigt.

„Ich muss zugeben, dass ich hin und her gerissen war“, erwiderte Zack und gluckste.

„Hat das vielleicht etwas mit einer gewissen kleinen Taube zu tun?“, stichelte Sebastian, während er das Boot vom Ufer abstieß.

„Schon möglich“, erwiderte Zack. „Sie hat gesagt, ich soll mich auf der Rückreise mal bei ihr melden“, fügte er hinzu und plusterte sich auf.

„Und wie hieß die junge Dame?“, erkundigte sich Sebastian.

„Dolores, wenn du es wirklich so genau wissen willst“, antwortete Zack von oben herab.

„Erzähl mir mehr über den Prinzen!“, drängelte Selina. „Was hat denn der König dazu gesagt, dass sein Sohn abgehauen ist?“

„Er weiß es noch nicht“, krächzte Zack.

„Im Moment besucht er die südlichen Provinzen seines Reiches“, erklärte Sebastian. „Die arme Königin hat einen hysterischen Anfall erlitten und sich dann zu Bett begeben.“

„Aber der Wunsch ist nicht von Frederiks Mutter, sondern von Clarissa?“, fragte Selina.

Sebastian nickte.

„Und wie lautet er?“

„Sie hat sich gewünscht, dass ihr Bruder wieder nach Hause kommt.“

„Das verstehe ich nicht“, murmelte Selina. „Du hast doch eben gesagt, dass der Prinz das gar nicht will.“

„Richtig“, meinte Sebastian. „Und das ist das Problem.“

Der Wunsch der Prinzessin

„Warum möchte die Prinzessin denn, dass ihr Bruder nach Hause kommt?“, fragte Selina ihre Freunde. Langsam fuhren Zack, Sebastian und sie den Fluss hinunter in Richtung Zavania. „Sie denkt doch sonst immer nur an sich.“

„Da hast du Recht“, krächzte Zack. „Eigentlich sind ihr alle anderen egal. Um Frederik macht sie sich normalerweise auch keine großen Sorgen.“

„Und weshalb ist das jetzt anders?“ Selina sah zu Sebastian auf.

„Ich glaube, sie vermisst ihren Bruder wirklich“, sagte er. „Als Frederik ständig um sie herum war, ist er ihr ziemlich auf die Nerven gegangen. Doch seit er weg ist, scheint er ihr zu fehlen.“

„Hast du eine Idee, wo er sein könnte?", fragte Selina.

„Leider nein", gab Sebastian zu. „Wir wissen nur, dass er in letzter Zeit oft nachts mit seinen Freunden unterwegs war."

Selina runzelte die Stirn. „Und das hat der König ihm erlaubt?"

„Na ja, Frederik macht sowieso, was er will", entgegnete Sebastian. „Er ist kaum wiederzuerkennen."

„Das stimmt. Aus ihm ist ein richtiger Rebell geworden", murmelte Zack.

„Wie meinst du das?", wollte Selina wissen.

„Seine Frisur ist zum Beispiel ganz anders", krächzte Zack. „Er hat seine Haare knallgelb gefärbt. Das Braun gefiel ihm wohl nicht mehr."

„Der hat vielleicht Probleme", murmelte Selina. „Wenn er rote Locken hätte wie ich, könnte ich das ja noch verstehen. Dunkle Haare sind doch toll!"

„Und als wäre das nicht genug für seine strengen Eltern, kam er eines Abends mit einem Piercing in der Nase nach Hause. Das haben mir die Schlosstauben erzählt", fuhr Zack fort. „Der

König hat einen Wutanfall bekommen und es gab einen furchtbaren Krach. Kurz danach ist Frederik verschwunden. Sein Vater meinte nur, er würde sicher bald wiederkommen, wenn ihm das Geld ausginge. Jedenfalls ist der König ein paar Tage später zu einem Staatsbesuch in den Süden abgereist." Zack genoss es offenbar, die Geschichte zu erzählen.

„Und wie kommt ihr darauf, dass der Prinz für immer wegbleiben will?", fragte Selina.

„Er hat es seiner Schwester geschrieben", antwortete Sebastian.

„Oh Mann!" Selina seufzte tief und ließ sich in die Kissen zurücksinken. „Der Haussegen der königlichen Familie scheint ja mächtig schiefzuhängen."

„Das kann man wohl sagen! Tirza ist überzeugt, dass Frederik fast jede Nacht in deiner Welt war, Selina. Sie glaubt, dass er dort auch seine neuen Freunde getroffen hat", sagte Sebastian. „Aber Tirza findet sowieso, dass die Menschen aus deiner Welt nur Ärger machen. Mit Ausnahme von dir natürlich", fügte er hastig hinzu. „Dich mag sie nämlich."

Selina schwieg. Sie konnte sich noch gut daran erinnern, wie misstrauisch die Haushälterin ihr gegenüber gewesen war. Als Selina das erste Mal in Zavania aufgekreuzt war, hatte die Frau sie nicht gerade herzlich empfangen.

Den kleinen Fluss hatten die Freunde nun hinter sich gelassen. Sie trieben auf einem schneller fließenden Strom dahin.

Der Himmel war strahlend blau und auf den saftigen Wiesen wuchsen wunderschöne duftende Wildblumen.

Sie passierten die Schlucht mit den hoch aufragenden Felsen, wo die Kröte Haromin lebte. Zum Glück war das bösartige Wesen nicht zu sehen, sodass die Freunde unbehelligt hindurchfahren konnten.

Sebastian seufzte erleichtert. „Ich hätte keine Lust gehabt, mich mit Haromin anzulegen."

„Dem hätte ich's schon gezeigt", sagte Zack und schnaubte hochmütig. „Der hat nämlich Angst vor mir." Der Rabe neigte seinen Kopf in Selinas Richtung. „Sag mal, wirst du bei dieser Preisverleihung an deiner Schule irgendwas gewinnen?", krächzte er.

„Ich glaube nicht“, meinte Selina. „Es gibt nicht viel, worin ich wirklich gut bin.“

„Du kannst dir supergut Zaubersprüche merken“, widersprach Zack ernst. „Weiß der Geier, was uns ohne deine Hilfe alles zugestoßen wäre. Wo wir gerade von Preisen sprechen – wenn Sebastian so gut auswendig lernen könnte wie du, wären ihm seine Goldenen Sporen wahrscheinlich schon längst verliehen worden. Dann wäre er jetzt selbst ein Herr der Wünsche.“

Selina sah, dass Sebastian bei Zacks Worten rot wurde. Weil er ihr leidtat, lächelte sie ihn aufmunternd an.

Nach kurzer Zeit bogen sie in das mit Schilf bedeckte Gewässer ein, das die Gärten des königlichen Schlosses umgab. Sebastian legte an einem hölzernen Landungssteg an. Zack nahm das Tau, das am Boot befestigt war, in den Schnabel. Die Schlinge warf er über einen Pfahl.

Sebastian sprang an Land und half Selina aus dem Boot.

„Gehen wir denn heute gar nicht zu Zenobius?“, fragte Selina, als sie über das Schlossgelände schritten. Bisher hatte der Herr der Wünsche sie nämlich immer höchstpersönlich über ihre nächste Aufgabe informiert. Aber diesmal schien es anders zu sein, denn Sebastian und Zack hatten Selina das meiste schon erzählt.

„Doch, doch! Die Zaubersprüche und den Ring bekommen wir wie üblich von ihm“, antwortete ihr Sebastian. „Deshalb müssen wir so schnell wie möglich zum Ostturm.“

„Irgendwie habe ich das dumme Gefühl, dass unser Herr dieses Mal nicht so viel mit der Geschichte zu tun haben möchte“, krächzte Zack.

„Wie kommst du denn darauf?“, fragte Selina erstaunt.

„Nun ja, falls etwas schiefgeht, ist der König bestimmt wütend. Ich glaube, Zenobius wird dann sagen, dass wir die Sache verbockt haben und nicht er.“

„Halt den Schnabel, Zack“, fuhr Sebastian seinen Freund an. „Das ist bestimmt nicht so.“

„Wollen wir wetten?“, fragte der Rabe mit einem leisen Gackern.

Sebastian reagierte nicht und ging am Schloss vorbei. Die anderen beiden folgten ihm. Die Fahnen wehten wie immer von den Zinnen und die königlichen Wachen versahen ihren Dienst an den Toren. Sonst war kaum etwas los. Auf ihrem Weg zum Ostturm, in dem Sebastian mit Zenobius, Tirza und Zack lebte, begegneten sie nur wenigen Menschen.

Tirza wartete bereits auf der Treppe auf sie. „Kommt rein“, sagte sie anstatt einer Begrüßung. „Ihr müsst euch vor der Besprechung mit Zenobius noch ein bisschen stärken.“

„Sind wir zu spät?“, wollte Sebastian wissen. Besorgt schaute er zum Turmzimmer hoch.

„Nein, nein.“ Tirza schüttelte den Kopf. Dann drehte sie sich um und eilte davon, um den Holztisch zu decken. Der Esstisch war fast so lang wie der ganze Raum. „Zenobius ist noch gar nicht hier. Er ist drüben im Schloss.“

„Gibt's was Neues von Frederik?“, fragte Zack und flog zu seiner Sitzstange am anderen Ende des Raums.

„Soweit ich weiß, nicht“, erwiderte Tirza. Sie war gerade dabei, Trinkkelche und Teller auf den Tisch zu stellen. „Zenobius ist ganz schön in der Zwickmühle. Es wird den König nicht gerade freuen, dass sich der Herr der Wünsche in seine

Familienangelegenheiten einmischt. Prinzessin Clarissas Wunsch ist diesmal aber wirklich wichtig. Daher musste Zenobius ihr versprechen, ihn zu erfüllen."

„Genau wie ich sagte", krächzte Zack selbstgefällig. „Der Herr der Wünsche möchte es sich mit keinem von ihnen verderben. Darum geht der Auftrag an dich, Kumpel." Er nickte Sebastian zu. „Wenn du die Sache in den Sand setzt, wird Zenobius sich mit Sicherheit nicht für dich einsetzen."

„Das glaube ich nicht. Außerdem werden wir es bestimmt schaffen, Frederik heil zurückzubringen", sagte Sebastian. Er richtete sich zu seiner vollen Größe auf, warf sich den Umhang über die Schulter und fuhr fort: „Was meinst du, Selina?"

„Natürlich!", erwiderte sie mit fester Stimme. „Schließlich haben wir auch die anderen Aufgaben gelöst."

„Nun, wir werden ja sehen", sagte Zack unbeirrt.

Selina war eigentlich nicht sehr hungrig, weil sie erst vor Kurzem gegessen hatte. Dennoch zwang sie sich, ein wenig von den Früchten und den selbst gebackenen Keksen zu naschen, die Tirza ihnen hingestellt hatte. Sie wusste, dass die Haushälterin sonst beleidigt gewesen wäre.

Sie waren gerade mit dem Essen fertig, als sie einen lauten Knall hörten. Die Eingangstür ein Stockwerk unter ihnen war krachend ins Schloss gefallen.

„Das wird Zenobius sein“, sagte Tirza und blickte zu Sebastian und Selina hinüber, die sich wie auf Kommando gerade hinsetzten. Zack schlug mit den Flügeln und stolzierte auf seiner Stange hin und her.

Während der Herr der Wünsche die Treppen hinaufstapfte, sahen sich die Freunde mit wachsender Besorgnis an. Kurz darauf stieß Zenobius die schwere Küchentür auf und verharrte mit finsterem Blick im Türrahmen.

Sebastian erhob sich. Selina hingegen blieb am Tisch sitzen.

„Da seid ihr ja“, brummte Zenobius. „Gut. Dann folgt mir zur Besprechung ins Turmzimmer. Los, los, ich habe nicht den ganzen Tag Zeit!“ Er drehte sich so schnell um, dass sein

Umhang wild durch die Luft flatterte. Dann eilte er zur Treppe am anderen Ende des Raums, die in sein Zimmer führte.

„Na, der hat ja eine tolle Laune“, murmelte Sebastian mit gedämpfter Stimme.

„Hab ich’s dir nicht gesagt?“, krächzte Zack. „Er möchte dir die Aufgabe so rasch wie möglich übertragen.“

„Na los. Nun macht schon!“, trieb Tirza sie an. „Und du, mein Lieber, sei nicht so frech“, fauchte sie den Vogel an. „Sonst verwandelt Zenobius dich in einen Wurm und dann musst du dich für den Rest deines Lebens vor so gefräßigen Raben wie dir verstecken!“

Mit dem beleidigten, vor sich hin murmelnden Zack im Schlepptau stiegen Selina und Sebastian die Stufen hinauf. Als sie das Turmzimmer betraten, hatte Zenobius bereits den Schrank geöffnet. Er holte zwei Pergamentrollen mit Zaubersprüchen heraus, die sie für ihre Aufgabe brauchen würden. Von den zwei bisherigen Abenteuern wusste Selina, dass die Rollen das Turmzimmer auf keinen Fall verlassen durften. Deshalb mussten sie die Zaubersprüche auswendig lernen, bevor sie aufbrachen, um einen Wunsch zu erfüllen. Doch die Sprüche allein waren wertlos. Nur mithilfe eines ganz besonderen Schmuckstücks konnte der Zauber weitergeleitet werden. Daher stand auch schon die Schatulle mit dem magischen Ring bereit.

„Selina, weißt du eigentlich, worum es bei dieser neuen Aufgabe geht?", fragte Zenobius.

Sie schluckte. Normalerweise hätte sie nicht gewagt zuzugeben, dass Sebastian oder Zack ihr schon alles verraten hatte. Schließlich stand es nur Zenobius zu, ihnen zu sagen, *wer* sich *was* gewünscht hatte. Diesmal aber schien der Herr der Wünsche es kaum erwarten zu können, dass sie aufbrachen. Also fasste sie Mut und sagte ihm die Wahrheit.

„Ich habe gehört, dass Kronprinz Frederik weggelaufen ist", antwortete sie ganz laut und deutlich.

„Hm!", brummte Zenobius. Seine Furcht einflößenden Augenbrauen zog er zu einer buschigen schwarzen Linie zusammen. „Und was hat man dir noch erzählt?"

Selina zögerte. „Nicht besonders viel", sagte

sie schließlich. „Nur, dass Prinzessin Clarissa möchte, dass ihr Bruder wieder zurückkehrt und dass Ihr beschlossen habt, diesen Wunsch zu erfüllen. Außerdem weiß ich, dass der Prinz gar nicht nach Hause kommen will. Deswegen denke ich mal, dass wir ihn wieder umstimmen sollen. Richtig?“

„Im Großen und Ganzen, ja“, sagte Zenobius und räusperte sich. „Es wird natürlich nicht ganz einfach werden.“

„Das ist es nie“, gab Selina zurück. „Aber wir werden das schon hinkriegen, oder Jungs?“ Sie drehte sich zu Sebastian und Zack um.

„Klar werden wir das schaffen“, antwortete Sebastian. Der Rabe nickte.

Selina hatte das Gefühl, dass Zenobius ein Stein vom Herzen fiel.

Zack war bis jetzt auffallend still gewesen. Nun legte er den Kopf schief und fragte seinen Herrn: „Gibt es schon irgendeinen Hinweis, wo Frederik sein könnte?“

„Seiner Schwester hat er eine Postkarte geschickt“, erwiderte Zenobius. „Darauf steht jedoch nur, dass er mit seinen Freunden Spaß hat und dass er nicht ins Schloss zurückkehren möchte. Außerdem will er nicht, dass nach ihm gesucht wird."

„Das bringt uns nicht weiter", krächzte Zack.

„Du hast Recht", meinte Zenobius. „Daher schlage ich vor, dass ihr jetzt die Zaubersprüche bekommt. Danach solltet ihr als Erstes herausfinden, wohin und zu wem Frederik nachts immer verschwunden ist."

„Das wäre immerhin ein Anfang", erwiderte Sebastian.

„Ach ja", sagte Zenobius, während er die erste Rolle öffnete. „Da ist noch etwas." Selina fiel auf, dass er ihren Blicken auswich. Zenobius schien sich in ihrer Gegenwart unwohl zu fühlen.

„Und das wäre?", fragte Sebastian.

„Prinzessin Clarissa hat darauf bestanden, euch bei dieser Aufgabe zu begleiten", murmelte der Herr der Wünsche.

„Na, toll!", krächzte Zack entsetzt. „Das hat uns gerade noch gefehlt!"

Start mit Hindernissen

„Reiß dich zusammen, Zack! Ihr werdet Prinzessin Clarissa mitnehmen“, donnerte der Herr der Wünsche.

„Jetzt mal ehrlich“, krächzte Zack unbeirrt weiter. „Dann können wir die Suche nach ihrem Bruder auch gleich abblasen.“

„Das tut ihr nicht!“, sagte Zenobius. „Ich kann es nicht ändern. Schließlich habe ich ihr schon vor einiger Zeit versprochen, dass sie Sebastian bei der Erfüllung eines Wunsches begleiten darf. Diesmal scheinen keine Gefahren auf euch zu lauern. Ihr müsst lediglich Kronprinz Frederik finden und ihn überzeugen, mit euch nach Hause zurückzukehren.“

„Klingt, als wäre es das reinste Kinderspiel“, warf Sebastian ein.

„Vorausgesetzt, die Prinzessin zickt nicht herum“, fügte Selina leise hinzu. Insgeheim war ihr das Herz in die Hose gerutscht, als sie gehört hatte, dass Clarissa dieses Mal mitkommen würde.

Bei ihrem ersten Besuch in Zavania war sie der Prinzessin ein paarmal über den Weg gelaufen. Sie und Clarissa hatten sich von der ersten Sekunde an nicht leiden können.

„Passend zu eurer Aufgabe habe ich beschlossen, dass euch diesmal ein ganz besonderer Edelstein begleiten soll“, sagte Zenobius. Feierlich öffnete er die Schatulle. Er nahm den Ring mit dem Schmuckstein von seinem schwarzen Samtkissen und winkte Sebastian zu sich. „Das hier ist der sanfte Topas. Du wirst keinen stärkeren oder machtvolleren Stein brauchen als ihn.“ Mit diesen Worten steckte er Sebastian den Ring an den Finger.

Selina und Zack sahen fasziniert zu.

„Und nun erfahrt ihr die Zaubersprüche.“ Der Herr der Wünsche öffnete die erste der beiden Pergamentrollen, räusperte sich und begann zu lesen:

„Zarusa, Zariski, Zarene,
lass strahlen diesen Stein.
Zollaria, Zolluria, Zollene,
im warmen gelben Schein.“

„Diesmal werde ich mir ganz viel Mühe geben und sie perfekt auswendig lernen“, versprach Sebastian. Am Ton seiner Stimme merkte Selina jedoch, wie unsicher er war.

„Hm!“, brummte Zenobius nur. Ohne eine weitere Bemerkung entrollte der Herr der Wünsche das zweite Pergament.

„Zimelda von Zimpano,
Topas, mächtig wie das Feuer,
Zalusa, Zalampano.
leuchte und der Sieg sei Euer!“

„Wetten, er macht sie mit Absicht so schwierig“, murmelte Sebastian. Jetzt war er der Verzweiflung nahe.

„Keine Angst“, flüsterte Selina ihm zu. „Die hab ich ganz schnell drauf.“

„Es gelten dieselben Regeln wie immer“, sagte

Zenobius. „Ihr müsst die Zaubersprüche im Kopf haben, bevor ihr den Raum verlasst. Vergesst nicht, dass sie nur wirken, wenn Sebastian sie Wort für Wort aufsagt." Dann wandte er sich an seinen Lehrling: „Setze sie weise ein, mein Junge! Auch wenn bei dieser Aufgabe keine Gefahren auf euch lauern, erwarte ich trotzdem einen ausführlichen Bericht."

Zenobius verstummte und sah sie der Reihe nach an. Sein kahler Kopf glänzte im Schein der Öllampe, die das Turmzimmer erhellte. „Lernt nun die Zaubersprüche und eilt danach zum Schloss, um Prinzessin Clarissa abzuholen."

„Ich kann es kaum erwarten!", murmelte der Rabe.

„Ich weiß, dass das nicht ernst gemeint war. Wenn du also weiterhin nur herumstänkern möchtest, solltest du lieber hierbleiben", fuhr Zenobius ihn an.

Selina blickte erschrocken auf. Für sie war es undenkbar, sich ohne den Raben auf den Weg zu machen.

„Die Königliche Hoheit verdient Respekt! Ehrfurcht scheint für dich jedoch ein Fremdwort zu sein, Zack. Daher solltest du vielleicht mal dem Zauberer aus dem Norden dienen, der uns demnächst besucht“, sagte der Herr der Wünsche mit dröhnender Stimme.

„Ist das etwa dieser Magier, der schon mal hier war? Der mit dem Kater?“

„Richtig.“ Zenobius nickte.

„Wenn das so ist, begleite ich lieber Sebastian. Ich werde mich bessern, Zenobius. Versprochen!“, krächzte Zack hastig.

„Meinst du damit etwa, ich sei das kleinere Übel?“, fragte Sebastian eingeschnappt.

„Nein, nein! Mit dir hat das doch gar nichts zu tun“, antwortete Zack. „Ich hab nur keinen Bock, die nächsten Tage mit dieser eingebildeten Prinzessin zu verbringen. Aber im Vergleich zu dem fiesen Kater ist sie Gold wert.“

Einige Zeit später verließen die drei Freunde den Ostturm. Zenobius hatte sich bereits wieder mit seinen Zaubersprüchen und den geheimnisvollen Tränken in dem Turmzimmer eingeschlossen. Er hatte wahrscheinlich nicht einmal bemerkt, dass sie aufgebrochen waren.

Stattdessen stand wie üblich Tirza an der Eingangstür, um ihnen zu winken. Sebastian küsste sie auf die Wange. Auch Selina beugte sich zu der kleinen Frau hinunter und gab ihr einen Kuss.

„Passt auf euch auf“, sagte die Haushälterin mit ihrer hohen, glockenhellen Stimme.

„Uns wird schon nichts passieren“, versicherte ihr Sebastian. „Dies ist keine gefährliche Aufgabe, Tirza.“

„Mag schon sein“, erwiderte sie. „Aber ich würde bei allem, was mit Prinzessin Clarissa zu tun hat, zur Vorsicht raten. Schon als sie klein war, hat die junge Dame nichts als Ärger gemacht.“

„Oh ja, das kann ich bestätigen.“ Zack schnaubte abfällig. „Das ist eine verwöhnte Tuss… äh, Madame.“

„Also, Zack! Anstatt Sprüche zu klopfen, solltest du lieber gut auf deine Freunde aufpassen“, sagte Tirza.

„Wird gemacht“, versprach der Rabe. Dann verabschiedeten sich die drei und gingen quer über den Schlosshof zum prächtigen Anwesen der königlichen Familie.

Es war Selinas erster Besuch im Schloss. Voller Ehrfurcht beobachtete sie, wie Sebastian den Wachen ihre Namen nannte. Dann erklärte er den Männern, dass er im Auftrag des Herrn der Wünsche käme und von Prinzessin Clarissa erwartet würde.

„Man könnte meinen, die wüssten nicht, wer wir sind“, sagte Zack. Eine der Wachen eilte davon, um nachzufragen, ob sie die drei Besucher einlassen durften. „Wir spazieren tagtäglich vor ihren Augen herum und trotzdem fragen sie uns immer noch Löcher in die Bäuche! Die wollen sich nur aufspielen.“

„Sie machen einfach ihren Job“, widersprach Sebastian.

„Pah!“, schnaubte Zack.

Nach einer Weile wurden sie von einem Diener eingelassen. Er trug eine rot-blaue Uniform mit goldenen Knöpfen.

Der Diener führte sie durch die große Empfangshalle in einen kleineren Raum. Dort bat er die drei zu warten.

„Wow, ist das nicht der Wahnsinn?“, flüsterte Selina. Beeindruckt betrachtete sie die prächtigen

Teppiche und die schönen Möbel mit den vielen Verzierungen.

„Wenn man auf solche Sachen steht, schon", krächzte Zack. „Aber ich brauche diesen ganzen Schnickschnack nicht."

„Wir sind hier im königlichen Schloss", warf Sebastian ein. „Das muss prunkvoll ..."

„Was hat dieses Mädchen hier zu suchen?", ertönte plötzlich eine Stimme hinter ihnen. Erschrocken drehten die drei sich um. Vor ihnen stand Prinzessin Clarissa, die unbemerkt das Zimmer betreten hatte. Die Hände in die Hüften gestützt starrte sie Selina finster an.

„Königliche Hoheit." Mit einem eleganten Schwung seines Umhangs verbeugte sich Sebastian. Sogar Zack senkte seinen Kopf, obwohl er kurz zuvor noch über die Prinzessin gelästert hatte. „Zu Euren Diensten", sagte Sebastian.

Doch Prinzessin Clarissa schienen ihre Respektsbezeugungen kaltzulassen. „Ich möchte wissen, was dieses Mädchen hier zu suchen hat!", wiederholte sie. Ihre blauen Augen kniff sie zu schmalen Schlitzen zusammen.

„Das ist Selina“, antwortete Sebastian mit fester Stimme. Er schien sich allerdings unbehaglich zu fühlen.

„Ich weiß, wer sie ist“, fauchte die Prinzessin. „Ich habe gefragt, was sie hier will.“

Im ersten Augenblick war Selina so schockiert über die Unhöflichkeit der Prinzessin, dass sie kein Wort herausbrachte.

„Selina begleitet Zack und mich immer, wenn wir einen Wunsch zu erfüllen haben“, erklärte Sebastian.

„Kann schon sein, aber diesmal begleite *ich* euch“, erwiderte die Prinzessin von oben herab.

„Ja, ich weiß“, sagte Sebastian. „Zenobius hat es uns erzählt, aber Selina ist auch dabei.“

„Nein!“, schrie die Prinzessin. „Es ist *mein* Wunsch! Wenn ich beschließe, dass sie nicht mitkommt, dann kommt sie auch nicht mit.“

„Oh Mann“, murmelte Zack ganz leise vor sich hin. „Ich hatte Recht! Mit der gibt's nichts als Ärger.“

„Was ist los?“ Die Prinzessin fuhr zu Zack herum, der erschrocken ein paar Schritte zurückhüpfte.

„Äh, ni-ni-nichts“, stotterte Zack. „Ga-gar nichts, Königliche Hoheit.“

„Du bist mir sowieso ein Dorn im Auge, du elender Federhaufen“, keifte die Prinzessin. „Du brauchst gar nicht so dummes Zeug zu brabbeln, dich will ich nämlich auch nicht dabeihaben.“

„Was?“ Zack legte den Kopf schief und seine Federn stellten sich vor Empörung auf. „Ich muss doch sehr bitten“, krächzte er. „Darf ich Euch daran erinnern, dass ich Sebastian überallhin begleite. Das hat der Herr der Wünsche so entschieden!“

„Und darf ich dich daran erinnern“, zischte die Prinzessin, „dass es sich hier um *meinen* Wunsch handelt. Ohne mich würde hier überhaupt niemand irgendwohin gehen. Wenn ich will, dass du hierbleibst, dann hast du das gefälligst zu tun. Kapiert, du zerrupfte alte Krähe? Und wenn dir das nicht schmeckt, lasse ich dich an einen Mast binden. Dann kannst du den Rest deines Lebens als Vogelscheuche verbringen!“

„Das darf ja wohl nicht wahr sein!“, zeterte Zack los. „Hast du das gehört, Sebastian? Noch nie bin ich so beleidigt worden! Ohne Selina und mich würde keiner der Zaubersprüche funktionieren. Ihr würdet schon längst in irgendeinem Kerker vor Euch hin schmoren, wenn wir Sebastian nicht geholfen hätten, die Eiskönigin zu besiegen."

„Ach, red keinen Quatsch!" Die Prinzessin schnaubte höhnisch. „Ein Zauberlehrling kann einen Wunsch ganz allein erfüllen. Nicht wahr, Sebastian? Und nun sag diesem jämmerlichen Haufen Federn ..."

„Nun sei doch nicht so gemein!", rief Selina, die Clarissas Benehmen nicht länger ertragen konnte.

„Wie kannst du es wagen!", keifte die Prinzessin empört. „Dafür könnte ich dich einsperren lassen ..."

„Stopp!", rief Sebastian so laut, dass alle zusammenzuckten. „Eins habt ihr bei der ganzen Sache vergessen. *Ich* trage hier die Verantwortung. Es ist meine Entscheidung, wer mitkommt und wer nicht. Und ich habe beschlossen, dass ihr alle dabei seid."

„Das sehe ich nicht ein." Die Prinzessin schmollte. „Wir beide würden prima allein klarkommen, Sebastian. Wir müssen doch nur Frederik zurückbringen. Und der kann nicht weit sein. Er ist gar nicht clever genug, ein richtig gutes Versteck zu finden."

Darum geht es also in Wirklichkeit bei diesem Wunsch, dachte Selina. Der Prinzessin war es überhaupt nicht wichtig, dass ihr Bruder wieder nach Hause kam. Sie hatte das nur eingefädelt, damit sie Sebastian für sich hatte. Clarissa hatte gewusst, dass Zenobius den Auftrag an seinen Lehrling geben würde.

„Manchmal wird eine Aufgabe schwieriger als gedacht", sagte Sebastian unnachgiebig. „Wir wissen nicht, was uns dort draußen erwartet. Deswegen möchte ich, dass Selina dabei ist. Sie ist super im Lernen von Zaubersprüchen. Und Zack hat schon in vielen brenzligen Situationen bewiesen, dass er mir eine große Hilfe ist."

„*Ich* könnte doch die Zaubersprüche lernen", sagte die Prinzessin trotzig.

„Kannst du nicht", widersprach Selina. „Das muss nämlich in Zenobius' Turmzimmer geschehen und da waren wir bereits. Bis sie gebraucht werden, darf man sie niemandem verraten."

„Schluss jetzt mit der Streiterei!“, sagte Sebastian. „Entweder wir machen uns zusammen auf den Weg und ihr seid einverstanden, dass ich in allem das letzte Wort habe, oder wir blasen die ganze Sache ab und bringen Zenobius den Ring zurück.“

„*Ich* habe kein Problem damit, dass wir alle Frederik suchen“, entgegnete Selina.

„Und du Zack?“, fragte Sebastian.

„Geht klar“, antwortete der Rabe und nickte.

„Königliche Hoheit?“, wandte Sebastian sich an die Prinzessin.

Erst dachte Selina, Clarissa würde sich weigern, doch dann zuckte sie betont lässig mit den Schultern. „Na gut“, stieß sie zwischen zusammengebissenen Zähnen hervor. „Sieht so aus, als hätte ich keine andere Wahl.“

„So ist es“, murmelte Zack.

„Was hast du gerade gekrächzt?“, fuhr die Prinzessin den Raben an.

„Nichts“, erwiderte Zack hastig. „Überhaupt nichts.“

„Könnten wir dann endlich Wichtigeres besprechen?“, fragte Sebastian.

Reise nach Zenedig

„Habt Ihr vielleicht eine Idee, wohin der Kronprinz verschwunden sein könnte, Königliche Hoheit?“, fragte Sebastian die Prinzessin.

„Nein, eigentlich nicht.“ Clarissa schüttelte den Kopf. „Er hat sich in letzter Zeit abends oft aus dem Palast geschlichen. Er dachte wohl, niemand wüsste es, aber ich habe ihn ein paarmal dabei beobachtet.“

„Der Herr der Wünsche sagte vorhin, du hättest eine Postkarte von deinem Bruder. Stimmt das?“, fragte Selina.

Die Prinzessin warf ihr einen verächtlichen Blick zu. Für einen Moment dachte Selina, sie würde ihr nicht antworten. Doch dann zuckte sie die Achseln. „Ja“, sagte sie kurz angebunden. „Und?“

„Meint Ihr, wir könnten sie sehen, Königliche Hoheit?“, fragte Sebastian.

„Ich hole die Karte.“ Die Prinzessin drehte sich um und ließ die Freunde allein.

„Ich weiß echt nicht, ob ich es lange mit ihr aushalte“, murmelte Zack.

„Das wirst du aber müssen“, sagte Sebastian warnend.

„Hey, ich bitte dich. Die ist doch die reinste Nervensäge! Müssen wir sie eigentlich immer *Königliche Hoheit* nennen, wenn wir mit ihr sprechen?“

„Ich bin mir nicht sicher. In jedem Satz bestimmt nicht“, meinte Sebastian. „Du kannst ja einfach mal Clarissa zu ihr sagen und abwarten, was dann passiert.“

„Sie würde wahrscheinlich Hackfleisch aus mir machen.“ Zack sah erschrocken aus.

„Also ich sag jedenfalls ‚du‘ zu ihr“, verkündete Selina entschlossen. „Ich finde, sie verhält sich kein bisschen prinzessinnenhaft. Für mich ist sie ein ganz normaler Mensch, der zufällig in einem Schloss wohnt.“

„Oh, oh“, krächzte Zack. „Ich sehe schon die

Fetzen fliegen, wenn ..." Er verstummte, als die Prinzessin den Raum betrat.

„Hier ist die Karte", sagte sie und reichte sie Sebastian.

„Hm", brummte er, während er sie las. „Genau wie Zenobius sagte: Anscheinend hat der Prinz mächtig viel Spaß. Er möchte nicht zurückkehren und schon gar nicht von irgendjemandem gesucht werden."

„Steht da wirklich nicht, wo er jetzt ist?" Zack flog auf Sebastians Schulter und betrachtete die Postkarte.

„Was ist denn vorne drauf?", fragte Selina.

„Nur ein Bild der Sonne", antwortete Sebastian. „Nichts Außergewöhnliches."

„Und wie wurde die Karte zugestellt?", wollte Selina wissen.

„Auf dem üblichen Weg", antwortete die Prinzessin. „Per Brieftaubenpost."

„Vielleicht sollten wir dort anfangen", meinte Sebastian. „Zack, du könntest doch mit einer der Briefträgertauben sprechen und sie fragen, woher die Karte kommt."

„Ist gut", erwiderte der Rabe. „Ich flieg dann

mal zum Taubenschlag und versuche, etwas herauszufinden."

„Während Zack unterwegs ist, sollten wir uns das Zimmer des Prinzen vornehmen. Vielleicht finden wir dort ja irgendeinen Hinweis", sagte Sebastian.

„Wie du willst." Clarissa zuckte die Achseln. „Kommt mit."

Selina und Sebastian folgten der Prinzessin die große Treppe hinauf zur Empfangshalle. Vorbei an den Porträts ihrer Ahnen, die in reich verzierten Bilderrahmen die Wände schmückten, ging es durch schier endlose Korridore. Sie waren mit samtweichen Teppichen ausgelegt. Schließlich blieb die Prinzessin vor einer Tür stehen und öffnete sie. „Das ist das Zimmer meines Bruders", sagte Clarissa.

Darin waren ein großes Himmelbett mit rotblauen Vorhängen und Decken, Bücherregale und ein riesiger Kleiderschrank. Für einen winzigen Moment glaubte Selina, im Auge der Prinzessin eine Träne zu entdecken. Sie fragte sich, ob Clarissa ihren Bruder vielleicht doch vermisste.

Sebastian ging langsam durch den großen

Raum. Er durchsuchte den Schrank und zog jede einzelne Schublade der enormen Kommode heraus, die neben dem Fenster stand. Aber er fand nicht den kleinsten Hinweis, wohin der Prinz verschwunden sein könnte.

„Hat er irgendwelche Hobbys?", fragte Selina.

„Er reitet gerne aus. Außerdem kümmert er sich um seinen Falken ... das ist aber alles nichts Ungewöhnliches."

„Zenobius meinte, es hätte in letzter Zeit Probleme zwischen Eurem Bruder und dem König gegeben", begann Sebastian zögernd. „Könnt Ihr uns etwas darüber erzählen?"

„Ja, Frederik hat sich plötzlich sehr verändert", antwortete die Prinzessin.

Sebastian nickte. „Wir haben schon von seinem Nasenpiercing gehört."

„Und dass er sich die Haare gefärbt hat", fügte Selina hinzu.

„Er hat sich außerdem geweigert, seinen königlichen Pflichten nachzukommen", entgegnete die Prinzessin. „Deshalb war mein Vater furchtbar wütend. Und je zorniger er wurde, desto weniger hat Frederik gemacht."

„Und wie hat deine Mutter reagiert?“, wollte Selina wissen.

„Meinst du zufällig die Königin?“, fragte die Prinzessin hochnäsig.

Selina nickte.

„Also gut ... ich sag's dir trotz deines unmöglichen Benehmens. Sie hat für Frederik immer Partei ergriffen.“

„Und wie geht es ihr jetzt, seit er verschwunden ist?“

„Sie ist krank und liegt im Bett“, antwortete die Prinzessin. „Die Königin möchte, dass Frederik zurückkommt, bevor mein Vater wieder da ist. Und mir geht's nicht anders. Seit er weg ist, bleibt alles an mir hängen ...“

Aha, dachte Selina. Deshalb möchte sie also auch, dass ihr Bruder wieder auf dem Schloss wohnt. Durch ihren Wunsch schlägt sie zwei Fliegen mit einer Klappe: Sie kann auf der Suche nach ihm mit Sebastian zusammen sein und muss in der Zeit keine von Frederiks Pflichten übernehmen.

„Ich habe nichts gefunden, was uns zu ihm führen wird“, sagte Sebastian. „Lasst uns gehen.

Mal sehen, ob Zack bei den Tauben etwas herausbekommen hat."

Und so verließen sie das Zimmer des Kronprinzen und kehrten ins Erdgeschoss zurück. Dort führte die Prinzessin sie durch eine Hintertür in die königlichen Stallungen.

Nachdem sie an den edlen Pferden und Falken des Königs vorbeigegangen waren, entdeckten sie Zack am anderen Ende des Schlosshofs. Er befand sich mitten in einer Taubenschar, die ihn bewundernd anschmachtete. Angeberisch stolzierte er auf und ab.

„Seht euch nur mal dieses blöde Vieh an", spottete die Prinzessin. „Er denkt wohl, er würde gut aussehen."

„Das tut er ja auch!", verteidigte Selina ihren Freund.

„Dass *du* so denkst, wundert mich nicht", sagte die Prinzessin höhnisch. „Du gehörst ja auch in den Klub der hässlichen Vögel."

„Was soll das denn heißen?", entgegnete Selina hitzig.

Sebastian legte seine Hand auf ihren Arm, um sie zu beruhigen.

„Da du mich so direkt fragst ... ich finde jemanden mit einem Karottenkopf, Sommersprossen und einer monstermäßigen Zahnspange ziemlich hässlich!“, erwiderte Prinzessin Clarissa hämisch.

„Du bist ja so gemein!“, schrie Selina.

„Na und?“ Die Prinzessin lachte. „Dafür bin ich wenigstens schön.“

„Das ist alles Ansichtssache“, sagte plötzlich jemand über ihnen. Mit einem ärgerlichen Krächzen war Zack aus dem Kreis der Tauben aufgeflogen und ließ sich nun auf Sebastians Schulter nieder.

„Jetzt hör mir mal zu, du dämlicher Vogel ...“, schimpfte die Prinzessin los. Sebastian unterbrach sie jedoch. „Das reicht jetzt“, sagte er streng. „Zack, hast du etwas herausgefunden?“

„Selbstverständlich“, antwortete der Rabe. „Die Taube dort drüben hat die Karte gebracht. Zuerst wollte sie nicht mit der Sprache rausrücken, aber nachdem ich meine Überredungskünste angewandt habe ...“

„Schon gut, Zack.“ Sebastian seufzte. „Könntest du jetzt bitte zur Sache kommen?“

„Die Postkarte ist in einer kleinen Stadt im Westen eingeworfen worden. Sie heißt Zenedig."

„Oh, Zenedig!", wiederholte die Prinzessin.

„Kennt Ihr sie?", fragte Sebastian.

„Ja, ich bin einmal da gewesen", antwortete sie. „Aber dort gibt es nicht viel zu sehen. Nur eine Menge Wasser und Boote. Ich kann mir nicht vorstellen, warum Frederik dort sein sollte."

„Tja, es gibt nur eine Möglichkeit, das herauszufinden", sagte Sebastian entschieden.

„Und die wäre?", fragte Clarissa.

„Wir fahren nach Zenedig!"

Die drei Freunde und die Prinzessin verließen Zavania bereits kurze Zeit später. In Sebastians Boot schipperten sie in westlicher Richtung den Fluss hinauf.

Für Selina war es ein seltsames Gefühl, dass diesmal ein weiterer Passagier dabei war. Und dann war es auch noch ausgerechnet Prinzessin Clarissa. Sonst war sie immer nur mit Sebastian und Zack an Bord gewesen.

Als sie den Schilfgürtel hinter sich gelassen

hatten, wurde der Fluss breiter und reißender. Diesen Teil des Landes kannte Selina noch nicht.

Gegenüber von ihr lehnte die Prinzessin bequem in den bunten Kissen. Träge ließ sie ihre Hand durchs Wasser gleiten.

„Das macht Spaß“, murmelte Clarissa verträumt. Sie legte den Kopf in den Nacken, sodass ihr langes goldblondes Haar über die Reling fiel. Dann lächelte sie Sebastian an. „Du hast doch gesagt, deine Reisen wären gefährlich. Ich glaube, da hast du uns allen einen Bären aufgebunden. Wenn ich es mir recht überlege, sollte ich dich ab jetzt jedes Mal begleiten. Immer wenn du wieder einen Wunsch erfüllen musst, werde ich dabei sein.“

Bei diesen Worten wurde es Selina schwer ums Herz.

Zack, der im Bug des Bootes hockte, rang hörbar nach Atem.

Sie waren schon eine ganze Weile unterwegs, als Sebastian das Boot schließlich anhielt. Er stützte sich auf seine Stakstange und sah in die Ferne.

„Zack“, sagte er. „Meinst du, das ist es?“

„Äh, äh? Was?“ Der Rabe zuckte zusammen und schlug mit den Flügeln.

„Er hat geschlafen!“, rief die Prinzessin. „Na, du bist mir ja ein feiner Späher! Du hättest uns sonst wo hinführen können. Hast du nicht gesagt, er wäre nützlich, Sebastian?“

„Ich habe nicht gepennt!“, behauptete Zack beleidigt.

„Ach, was denn dann?“, fragte die Prinzessin höhnisch.

„Ich habe mich nur ein wenig ausgeruht“, murmelte Zack.

„Pah!“ Die Prinzessin schnaubte abfällig. „Stell dir mal vor, wir hätten das auch getan. Was meinst du, wenn Sebastian …“

Doch der Zauberlehrling hörte Clarissa gar nicht zu und zeigte mit dem Finger nach Westen. Seine Augen schirmte er mit der anderen Hand ab, weil die Sonne ihn blendete.

„Von Weitem sieht es so aus, als sei Zenedig auf dem Wasser gebaut“, murmelte er.

„Ist es ja auch“, sagte die Prinzessin, als wäre das nichts Besonderes.

„Woher weißt du das?“, fragte Selina. Bis jetzt

hatte sie kein Wort gesagt, weil ihr die gemeinen Bemerkungen der Prinzessin über ihr Aussehen immer noch wehtaten. Aber nun gewann Selinas Interesse an der geheimnisvollen Stadt Zenedig die Oberhand.

„Das habe ich doch schon erzählt“, antwortete die Prinzessin. „Ich war mit meinen Eltern auf Staatsbesuch hier. Die Stadt ist tatsächlich auf dem Wasser gebaut. Alle Straßen sind Wasserwege und die Leute fahren überall mit dem Boot hin.“

„Wie aufregend“, sagte Selina.

Sie näherten sich der Stadt. Die ersten Häuser standen genau an der Stelle, wo der Fluss ins Meer mündete. Prunkvoll erhoben sie sich aus dem tiefgrünen Wasser, auf dem das Sonnenlicht tanzte und funkelte.

„Ist das schön!“, hauchte Selina. Sebastian lenkte das Boot geschickt durch den breiten Kanal, der die „Hauptstraße“ der Stadt zu sein schien. Zu beiden Seiten erhoben sich Gebäude aus dem Wasser. Sie waren türkis, rotbraun oder senfgelb gestrichen. Jetzt tauchten glänzend schwarz lackierte Boote auf der breiten Wasserstraße auf, die in der Form dem von Sebastian ähnelten. Die Steuermänner stakten ihre Fahrzeuge genau wie Sebastian mit einer langen Stange durchs Wasser.

Viele Häuser hatten ihre eigenen Landungsstege, an denen Boote vertäut waren. Dicht an dicht wippten sie im Wasser auf und ab und die Wellen klatschten leise an die Wände. Von dem breiten Hauptweg zweigten mehrere schmale Kanäle ab, die sich zwischen den Häusern hindurchschlängelten. In einen von diesen lenkte der Zauberlehrling ihr Boot.

Hier war es etwas kühler und schattiger, weil die Sonne durch die hohen Gebäude verdeckt wurde. Von Zeit zu Zeit erhaschten sie durch einen offen stehenden Fensterladen einen Blick ins Innere eines Hauses. So sahen sie prunkvoll eingerichtete Räume, die von kristallenen Kronleuchtern erhellt wurden. Selina vermutete, dass die meisten Fensterläden geschlossen waren, um die heiße Luft abzuhalten.

„Ist das irre“, flüsterte sie. Geräuschlos glitten sie unter zahlreichen Brücken hindurch.

„Das ist doch gar nichts. Damals waren wir

auf dem Anwesen des Grafen von Zenedig. Das war tausendmal schöner“, sagte die Prinzessin selbstgefällig.

„Ich finde die ganze Stadt einfach gigantisch!“, erwiderte Selina.

„Wenn der Kronprinz vor Kurzem tatsächlich hier war, haben der Graf und seine Familie ihn sicher mit Pauken und Trompeten willkommen geheißen, oder?“, meldete sich jetzt Sebastian zu Wort.

Die Prinzessin schwieg. Sebastian beugte sich schließlich vor und hakte nach: „Das ist doch so, Königliche Hoheit?“

„Äh, stimmt nicht ganz“, antwortete Clarissa ausweichend. Selina hatte das Gefühl, dass die Prinzessin lieber nicht darüber sprechen wollte.

Sebastian setzte sich einfach darüber hinweg. „Verheimlicht Ihr uns irgendetwas?“, fragte er.

Die Prinzessin zuckte die Achseln. „Na ja, für einen Prinzen ist es ein wenig beschämend“, druckste sie herum. „Frederik hat sich doch immer nur nachts herumgetrieben. Wenn er also wirklich in Zenedig war, glaube ich nicht, dass der Graf etwas davon mitbekommen hat.“

„Ihr meint also, die Besuche Eures Bruders waren nicht offiziell, Königliche Hoheit?“, fragte Zack neugierig.

Die Prinzessin nickte.

„Und woher willst du das wissen?“, erkundigte sich Selina.

„Weil Frederik sich immer verkleidet hat, wenn er mitten in der Nacht verschwunden ist“, antwortete die Prinzessin.

Die Brieftaubenpost

„Wie sah Kronprinz Frederik denn aus, wenn er nachts unterwegs war?“, wollte Zack wissen.

Der Prinzessin war anzusehen, dass sie die Frage des Raben am liebsten übergangen hätte. Doch dann merkte sie, dass auch die anderen auf ihre Antwort warteten.

„Er hat sich einfache dunkle Sachen angezogen. Es waren nicht die feinen Klamotten, mit denen er sich bei Hofe kleidete“, sagte sie widerstrebend. „Und er hatte jedes Mal einen Umhang mit einer Kapuze an.“

„Sonst noch etwas?“, fragte Sebastian.

„Nein, ich glaube nicht.“ Die Prinzessin zögerte. „Abgesehen von der Maske natürlich.“

Sebastian beugte sich vor. „Er trug eine Maske?“

„Ja, die hatte er immer auf, wenn er nachts ausging."

„Besitzt der Kronprinz eigentlich ein eigenes Boot?", fragte Sebastian.

„Ein Boot?" Die Prinzessin hob ruckartig den Kopf.

Sebastian nickte. „Er muss wie wir auf dem Wasserweg hierhergekommen sein", erklärte er Clarissa.

„Nein, ein Boot hat er nicht."

„Aber wie hat er es dann gemacht?", überlegte Selina laut.

„Irgendjemand hat ihn abgeholt", sagte die Prinzessin. „Einmal bin ich ihm bis zum Bootsanleger am Ende der königlichen Gärten gefolgt. Ich musste natürlich ein Stück hinter ihm bleiben, damit er mich nicht sehen konnte. Als ich am Steg ankam, war er bereits verschwunden. Es waren nur noch die Kräusel im Wasser zu sehen. Aber ich habe das Geräusch eines davonfahrenden Bootes und Stimmen gehört."

„Konntest du verstehen, was gesagt wurde?", fragte Selina.

Die Prinzessin schüttelte den Kopf.

„Habt Ihr ihn auch zurückkommen sehen?", erkundigte sich Sebastian.

„Nein, das muss sehr spät gewesen sein. Am nächsten Morgen saß er am Frühstückstisch und tat so, als wäre nichts passiert."

„Da ist garantiert ein Mädchen im Spiel", schaltete sich Zack ein, bevor die Prinzessin antworten konnte. „Merkt euch meine Worte."

„Halt den Schnabel, Zack! Das weißt du doch gar nicht", sagte Sebastian streng.

„Bei solchen Sachen geht es immer um ein Mädchen", behauptete Zack unbeirrt.

„Das gilt vielleicht für dich", entgegnete Sebastian, „aber das heißt noch lange nicht, dass es in diesem Fall auch so ist."

Selina hingegen war nicht sauer auf Zack, sondern auf die Prinzessin. „Warum hast du uns das nicht schon vorher erzählt?", fuhr sie Clarissa an.

„Ihr habt mich doch gar nicht danach gefragt", antwortete diese cool, was Selina noch wütender machte.

„Glaubst du nicht, dass das wichtig gewesen wäre?", hakte Selina nach.

„Nö." Prinzessin Clarissa zuckte lässig die Schultern.

Sebastian warf Selina schnell einen warnenden Blick zu. Er hatte wohl Angst, dass seine Freundin weiterbohren würde.

Selina riss sich zusammen und verkniff sich ihre nächste Frage.

Eine Weile sagte niemand etwas, aber dann ergriff die Prinzessin wieder das Wort. „Einmal habe ich gesehen, wie Frederik nach Hause kam", sagte sie. „Es ... es war schon sehr spät ... und ... er hat mich erwischt, als ich mich im Gebüsch verstecken wollte."

„Au Backe!", krächzte Zack. „Da wird er sich bestimmt nicht gefreut haben."

„Und was hat er gesagt?", fragte Sebastian.

„Frederik war natürlich wütend. Er warnte mich davor, ihn zu verraten. Sonst wollte er meinem Vater petzen, dass ich die Diener bestochen hatte. Sie sollten mir für eine der Mitternachtspartys mit meinen Freundinnen Essen aufs Zimmer bringen."

Selina betrachtete die Prinzessin mit neu erwachtem Interesse. Mitternachtspartys klangen nach einer Menge Spaß. Doch Sebastian machte ein ernstes Gesicht.

„Königliche Hoheit", sagte er, „wenn wir Euren Wunsch erfüllen sollen, müssen wir unbedingt alles wissen. Gibt es noch etwas, was Ihr uns nicht erzählt habt?"

„Nein." Die Prinzessin sah betreten zu Boden. Selina hatte das Gefühl, dass Clarissa sich ziemlich dumm dabei vorkam, vernommen zu werden wie eine Schwerverbrecherin.

Sie trieben schweigend durch den schmalen, schattigen Kanal. Auf einmal kamen sie zu einer breiteren Wasserstraße. Vor ihnen lag ein großer Steg. Sebastian manövrierte das Boot längsseits. Mit Zacks Hilfe vertäute er es an einem der rotweiß gestreiften Pfosten, die tief ins Wasser gerammt waren. Selina fiel auf, dass vor den Häusern schmale Fußwege verliefen.

„Ich denke ...", begann Sebastian zögernd, „... jetzt, wo wir hier sind, sollten wir Frederik suchen."

Selina beobachtete die Prinzessin aufmerksam. Sie wollte wissen, was sie dazu sagte, dass Sebastian den Namen ihres Bruders ohne seinen Titel

„Kronprinz“ benutzt hatte. Clarissa schwieg jedoch.

„Ich habe keine Ahnung, wo wir anfangen sollen“, fuhr Sebastian fort. „Fällt einem von euch etwas ein?“ Er sah alle der Reihe nach an.

„Ich habe schon darauf gewartet, dass du das fragst“, meinte Zack.

„Soll das heißen, du hast eine Idee?“

„Könnte sein“, erwiderte Zack betont lässig.

„Dann spuck's endlich aus, du blöder Vogel“, fauchte die Prinzessin.

„Wenn Ihr wieder so anfangt ...“ Der Rabe schnaubte empört.

„Sei doch nicht so empfindlich, Zack“, sagte Sebastian und seufzte. „Wenn du etwas weißt, was uns helfen könnte, dann raus damit! Wenn nicht, solltest du jetzt einfach mal den Schnabel halten.“

„Ich habe von der Schlosstaube eine Adresse erhalten. Dort können wir mit der Suche beginnen“, antwortete Zack.

„Das war ziemlich clever von dir“, erwiderte Sebastian anerkennend. „Ich bin beeindruckt.“ Er wandte sich an die Prinzessin. „Sagte ich nicht, dass Zack manchmal sehr nützlich sein kann?"

Die Prinzessin schnaubte verächtlich. Selina achtete nicht darauf und fragte Zack, um was für eine Anschrift es sich handelte.

„In der Brückengasse 1 soll das Büro sein, in dem jeden Tag die Post sortiert wird", antwortete er. „Die Schlosstaube hat mir geraten, mich dort nach Frank zu erkundigen."

„Und wer ist dieser Frank?", wollte die Prinzessin wissen.

„Ob ihr es glaubt oder nicht", sagte Zack, „Frank ist die Taube, die die Karte des Prinzen aus dem Briefkasten geholt hat. Er könnte uns verraten, wo Frederik sie eingeworfen hat. Dann hätten wir vielleicht einen Hinweis darauf, wo er sich aufhält."

„Worauf warten wir noch?" Sebastian sprang vom Boot auf den Fußweg und half den beiden Mädchen an Land. „Auf zur Post!"

Sie ließen das Boot gut vertäut am Steg zurück und eilten den schmalen Pfad entlang.

In diesem Teil der Stadt schien es sehr ruhig zu sein. Es war niemand zu sehen, den sie nach dem

Weg fragen konnten. Zufällig blickte Sebastian nach oben.

„Guckt mal!“, sagte er und berührte Selina am Arm. „Im Fenster.“

Alle blieben stehen und schauten hoch. Einige Meter über ihnen war einer der Fensterläden geöffnet. Dort stand eine Frau und schaute zu ihnen hinunter. Sie war teilweise im Schatten verborgen. Selina konnte trotzdem erkennen, dass sie ziemlich alt aussah. Die Frau war ganz in Schwarz gekleidet und trug ein Kopftuch.

„Entschuldigen Sie bitte“, sagte Sebastian zu der Frau. „Könnten Sie uns vielleicht helfen? Wir suchen die Brückengasse 1. Dort ist das Sortierbüro der Post.“

Zuerst dachte Selina, die Frau hätte Sebastian nicht verstanden, weil sie sich weder bewegte noch antwortete.

„Anscheinend weiß sie es nicht“, meinte Zack.

„Oder sie will es uns nicht sagen“, erwiderte die Prinzessin in scharfem Ton. „Kommt, wir verschwenden hier nur unsere Zeit.“ Sie wandte sich ab, um zu gehen.

„Wartet!“, rief Selina. „Ich glaube, sie ist

stumm. Seht doch nur! Sie zeigt uns, wo die Post ist.“

Die alte Frau deutete mit ihrem dürren Arm auf eines der Gebäude auf der anderen Seite des Kanals. Es war ein hohes, sehr schmales Haus und lag ein ganzes Stück entfernt.

„Ich schätze, wir sollen dorthin gehen“, rief Selina aufgeregt. „Da vorne ist eine Brücke, die wir überqueren können.“

„Du hast Recht“, sagte Sebastian. „Vielen Dank!“, rief er zu der alten Frau hinauf. Gleichzeitig verbeugte er sich. Die Frau nickte ihm zu, bevor sie den Fensterladen schloss.

„Kommt“, sagte Sebastian. „Lasst uns nachsehen, ob wir Frank dort finden.“

Schnell liefen sie über die Brücke. Die beiden Mädchen folgten Sebastian, während Zack neben ihnen herflog.

Das Wasser darunter sah tief, dunkel und irgendwie gefährlich aus. Selina lief ein Schauer über den Rücken, als sie sich vorstellte hineinzufallen. Sie malte sich aus, wie die düsteren Fluten sie verschlucken und dann nie wieder freigeben würden.

Als die vier auf der anderen Seite waren, sahen mit einem Mal alle Gebäude vollkommen gleich aus. Die vier starrten verwirrt nach oben.

„Also, ich sehe nichts, was nach einer Sortierstelle aussieht", sagte Selina. Sie dachte an die Post in ihrer Heimatstadt.

Zack entdeckte sie schließlich doch. Er war auf eine der Statuen geflogen, die die Brückenpfeiler schmückten, und hatte von seinem Beobachtungsposten einen guten Ausblick. „Da ist sie", krächzte er.

„Wo?", riefen Selina, Sebastian und die Prinzessin gleichzeitig.

„Da! Ganz oben auf diesem Gebäude."

„Für mich sieht das eher aus wie ein Taubenschlag", entgegnete Selina.

„Aber danach suchen wir doch, oder?", fragte Zack verblüfft.

„Oh", entfuhr es Selina. „Natürlich!" Im Eifer des Gefechts hatte sie vollkommen vergessen, dass die Post in dieser Welt mit Brieftauben zugestellt wurde.

Zusammen betraten sie das hohe, schmale Haus. Es war sehr eng. Im Inneren schien es nur aus einer hölzernen Wendeltreppe zu bestehen, die sich endlos nach oben wand.

Die vielen Fenster, an denen sie vorbeikamen, waren mit hölzernen Läden verschlossen. Durch die Lamellen fiel ein wenig Sonnenlicht auf die Stufen.

Als sie endlich das Ende der Treppe erreicht hatten, befanden sie sich in einem riesigen Raum mit zahlreichen Fenstern. Von dort hatten sie einen wunderbaren Blick über die Dächer und Schornsteine von Zenedig.

Mehrere Tauben hockten auf einem großen Holztisch. Sie sortierten Dutzende von Briefen, Karten und Päckchen, die sie mit ihren Schnäbeln aus großen Kisten herausholten. Dann flogen die Vögel damit zum anderen Ende des Raumes, wo sich unzählige Ablagefächer befanden. Diese waren alle mit Post vollgestopft, die noch abgeholt werden musste.

Eine ziemlich rundliche Taube wandte den Kopf. Sie blickte die Gefährten über die Gläser einer winzigen Nickelbrille hinweg an, die auf ihrem Schnabel thronte. „Kann ich helfen?“, fragte sie in herrischem Ton.

„Wir sollten vielleicht nicht unbedingt erwähnen, dass wir nach dem Kronprinzen suchen“, flüsterte Sebastian den anderen eindringlich zu.

„Geht klar. Überlass das nur mir“, sagte Zack. Er stolzierte auf die stämmige Taube zu, die hier offenbar die Oberaufsicht hatte.

„Schönen guten Tag!“, grüßte er freundlich. Die Taube beäugte ihn misstrauisch von oben bis unten. „Wir suchen nach einem gewissen Frank“, fuhr Zack fort.

Die Cheftaube runzelte die Stirn. Dann drehte sie sich um und zeigte mit dem Flügel auf eine Taube, die an einem Haufen Körner herumpickte.

„Das ist Frank. Er hat gerade Mittagspause“, sagte sie. „Hey, Frank, die wollen was von dir“, rief sie zur anderen Taube hinüber.

Frank hob den Kopf und schaute blinzelnd in ihre Richtung. Als Zack auf ihn zuhüpfte, begrüßte die Taube ihn mit einem freundlichen Hallo.

„Hallo, Frank“, erwiderte der Rabe. „Ich wollte fragen, ob du uns vielleicht helfen kannst. Ich bin Zack und das sind meine Freunde. Sebastian ist der Lehrling von Zenobius, dem Herrn der Wünsche. Neben ihm steht seine Freundin Selina, die aus der anderen Welt kommt. Und das da ist ... äh ... Clarissa." Zack zeigte der Reihe nach auf seine Gefährten und genoss es sichtlich, den Titel „Prinzessin" wegzulassen. Clarissa blieb still. Offenbar traute sie sich nicht auszuposaunen, wer sie wirklich war.

Frank nickte. „Was kann ich für euch tun, Leute?"

„Wir sind in einer äußerst wichtigen Mission unterwegs", krächzte Zack und plusterte sich auf. „Genauer gesagt sind wir auf der Suche nach Clarissas Bruder, der verschwunden ist. Wir wissen, dass er vor Kurzem noch in Zenedig gewesen sein muss. Clarissa hat nämlich eine Postkarte von ihm bekommen."

„Soso", gurrte Frank. „Und wie soll ich euch dabei helfen?"

Jetzt ergriff Sebastian das Wort. „Wir vermuten, dass du die Karte aus dem Briefkasten geholt und dann zum Sortieren hierhergebracht hast. Wir hoffen, dass du uns sagen kannst, wo sie eingeworfen wurde."

Die Taube starrte sie an. „Ihr macht wohl Witze“, sagte sie. „Habt ihr ’ne Ahnung, wie viel Post jeden Tag bei uns über den Tisch geht?“

„Eine Menge?“, fragte Selina.

„Das kann man wohl sagen, Süße!“ Frank lachte. Er wandte sich an eine etwas kleinere Taube, die hinter ihm geschäftig hin und her eilte. „Hast du das gehört, Sid? Die Kleine will wissen, ob wir jeden Tag ’ne Menge Post reinkriegen. Ich schmeiß mich weg!“

„Vielleicht erinnerst du dich wieder, wenn du die Karte siehst“, wandte die Prinzessin ein. Sie trat vor und zog die Postkarte hervor, die Frederik ihr geschickt hatte.

„Das hilft auch nichts“, sagte Frank. „Eine Postkarte ist wie die andere ...“ Er warf einen Blick darauf, erstarrte und zog dann erschrocken seinen Kopf zurück. „Wo hast du die denn her?“, fragte er. Seine Stimme klang plötzlich ganz anders, nachdem er das Sonnenbild gesehen hatte.

„Hast du nicht zugehört?“, fragte die Prinzessin aufgebracht. „Das ist die Karte, die mein Bruder mir geschickt hat.“

„Ich glaube, darüber möchtet ihr lieber nichts

wissen“, sagte Frank. Seine Nackenfedern hatten sich aufgestellt.

„Was soll das denn heißen, du Vogel?“ Die Prinzessin schnaubte empört. „Natürlich wollen wir das.“

„Glaub mir, Schätzchen, das willst du bestimmt nicht.“ Frank drehte sich weg und ging wieder an die Arbeit.

Verwundert sahen sich die Freunde an.

„Wie hat Frank das bloß gemeint?“, murmelte Selina.

„Keine Ahnung“, antwortete Sebastian. „Aber die Sache gefällt mir nicht.“ Er wandte sich an den Raben. „Meinst du, du könntest noch ein bisschen mehr aus ihm herausbekommen?“

„Ich werd's versuchen“, entgegnete Zack. Er blickte Frank hinterher, der zu den Ablagefächern voller Karten und Briefe flatterte. „Aber ich glaube nicht, dass er uns noch mehr erzählen will.“

„Es hörte sich so an, als wäre mein Bruder in irgendeine ungute Geschichte hineingeraten“, sagte Clarissa. Sie klang jetzt sehr besorgt.

„Ich werde sehen, was ich tun kann.“ Zack

hüpfte zum Ende des Raumes und tippte Frank mit dem Flügel an.

Die beiden Vögel sprachen miteinander. Sebastian, Selina und Clarissa konnten jedoch nichts verstehen. Schließlich zuckte Zack mit den Flügeln. Er kam zu ihnen zurück und Frank sortierte weiter.

„Was hat er gesagt?", fragten Selina und die Prinzessin wie aus einem Munde.

„Er wollte wirklich nicht mit der Sprache rausrücken", antwortete Zack.

„Was bildet sich dieser Vogel eigentlich ein?", rief die Prinzessin wütend. „Weiß er nicht, wer ich bin?"

„Nein", erwiderte Zack ärgerlich. „Natürlich hat er keine Ahnung, wer Ihr seid. Es würde höchstwahrscheinlich auch keinen Unterschied machen, wenn er es wüsste."

„Was hat er denn nun zu dir gesagt, Zack?", fragte Sebastian.

„Nicht viel mehr als eben", antwortete der Rabe. „Aber er ließ durchblicken, dass man sich besser aus allem heraushalten sollte, was mit diesem Bild zu tun hat."

„Mit dem Sonnenzeichen?“, flüsterte Selina. „Aber warum? Was bedeutet es?“

„Genau das müssen wir herausfinden“, sagte Sebastian entschlossen.

Der blaue Papagei

Die drei Freunde und die Prinzessin hatten die Post verlassen und standen nun vor dem Gebäude. Sie überlegten, was sie tun sollten. Auf einmal hörte Selina hinter sich das Schlagen von Flügeln. Sie fuhr herum und sah, dass eine der Tauben ihnen die Stufen hinunter gefolgt war.

„Oh“, sagte sie. „Du bist Sid, nicht wahr?“ Sie musste nachfragen, weil sich die Tiere mit Ausnahme der stämmigen Cheftaube sehr ähnlich sahen.

„Stimmt“, sagte die Taube leise. Immer wieder schaute sie gehetzt über die Flügel, als dürfte sie eigentlich gar nicht mit ihnen reden. „Ihr habt nach dem Sonnenzeichen gefragt, oder?“

Sebastian nickte. Ja, genau. Kannst du uns etwas darüber erzählen?“

„Darf ich es mal sehen?“, murmelte Sid.

Die Prinzessin nahm die Karte aus der Tasche und hielt sie der Taube hin. Die warf nur einen Blick darauf und versteckte dann ihren Kopf unter dem Flügel. Das machte auch Zack immer, wenn er Angst hatte.

„Was hat es damit auf sich?“, wollte Selina wissen.

„Das ist eine seltsame Sache“, flüsterte Sid. „Ich kannte mal jemanden, der da hineingezogen worden ist. Seitdem hat ihn niemand mehr wiedergesehen.“

„Was hat dieses Zeichen denn nun zu bedeuten?“, fragte Sebastian. Er klang ziemlich verwirrt.

„Es ist das Merkmal irgendeiner Gemeinschaft“, antwortete Sid. „Ich weiß allerdings nicht von welcher. Das Ganze ist total geheim.“

„Hast du vielleicht trotzdem eine Ahnung, wo sich die Mitglieder treffen?“, erkundigte sich Zack. In diesem Moment rief jemand von oben nach Sid.

„Ich muss los“, murmelte Sid. „Sonst bekomme ich Ärger.“

„Nein, warte!“, rief die Prinzessin, als er sich zum Abflug bereit machte. „Bitte sag uns …“

„Das geht nicht! Ich werde sonst meinen Job verlieren.“

„Bitte!“, flehte die Prinzessin.

Sid zögerte und sah zu Clarissa auf. In ihren großen blauen Augen glänzten Tränen.

„Na gut“, quetschte er schließlich hervor. „Versucht es mal im *Blauen Papagei*. Aber sagt um Himmels willen nicht, dass ich euch geschickt habe.“

Sid wollte davonfliegen, aber Zack versperrte ihm den Weg.

„Warte noch einen Moment, alter Junge. Was ist der *Blaue Papagei*?“

„Das ist ein Café“, antwortete Sid. „Es liegt in der Nähe der Tränenbrücke. Wenn ihr mehr herausbekommen wollt, geht am besten bei Dunkelheit hin. Am Abend ist in der Stadt ein großes Fest, auf dem alle Leute Masken tragen werden. Wenn ihr nicht auffallen wollt, solltet ihr euch auch welche besorgen!“

Nach diesen Worten flog Sid zurück ins Gebäude.

„Wo bekommen wir denn jetzt Masken her?“, fragte die Prinzessin.

„Vielleicht in einem Laden?“, erwiderte Zack. „Vorausgesetzt, es gibt in Zenedig überhaupt Geschäfte.“

„Ich habe schon ein paar gesehen“, sagte Selina aufgeregt. „In einer dieser schmalen Gassen dort hinten.“

„Und wie sieht's mit Kohle aus?“, fragte Zack.

„Ich habe Geld“, sagte Clarissa mit einer wegwerfenden Handbewegung. „Jede Menge.“

„Eine Prinzessin dabeizuhaben hat auch seine Vorteile“, entgegnete Zack. Er gackerte vor sich hin.

Clarissa funkelte ihn wütend an.

„Kommt“, sagte Sebastian hastig. Er trat zwischen die beiden Streithähne. „Lasst uns gehen.“

Wie sich herausstellte, konnte man in Zenedig Masken in allen Farben und Formen bekommen: große, die das Gesicht des Trägers vollständig verbargen, und kleine, die nur die Augen bedeckten. Die meisten waren aus Samt oder mit Pailletten besetzt. Es gab aber auch Tiermasken.

Als die vier ihre Einkäufe erledigt hatten, brachen sie zur Tränenbrücke auf. Langsam senkte sich die Dämmerung über Zenedig.

Selina hatte sich eine leuchtend blaue Maske ausgesucht und Sebastian hatte sich für eine aus schwarzem Samt entschieden. Auch das Gesicht der Prinzessin war verdeckt. Auf ihrer Maske funkelten winzige Perlen.

Nur Zack hatte sich standhaft geweigert, sich zu verkleiden. Stattdessen trug er eine riesige Sonnenbrille, die ihn wie einen Mafiaboss erscheinen ließ.

„Es sieht so aus, als wollten alle Menschen zur Tränenbrücke“, sagte Selina.

Inzwischen befanden sie sich inmitten einer Gruppe lautstark Feiernder, die allesamt kostümiert waren.

„Sie wollen wahrscheinlich zum Fest, von dem Sid erzählt hat“, meinte Sebastian. „Wir müssen unbedingt zusammenbleiben“, fügte er hinzu. „Und wenn doch einer verloren geht, treffen wir uns am Boot.“

Unter lautem Rufen, Gelächter und Gesang wurden sie von der Menge mitgezogen. Die Brücke war sehr breit und führte über den größten Kanal von Zenedig.

„Entschuldigen Sie bitte, wissen Sie vielleicht, warum die Brücke Tränenbrücke genannt wird“, fragte Sebastian einen der Passanten.

„Ja. Man sagt, dass die Tränen eines Menschen, die von dieser Brücke fallen, zusammen mit seiner Trauer weggespült werden“, antwortete der Maskierte.

Fasziniert von diesem Gedanken blieb Selina stehen und beugte sich über die steinerne Brüstung. Auf dem Kanal wimmelte es nur so von Booten voller Festbesucher. Bunt geschmückte Kähne, die von einer einzigen Lampe beleuchtet wurden, glitten durch das tintenschwarze Wasser. Zu den Zuschauern auf der Brücke schwebten Liedfetzen empor.

„Ist das toll!“, rief Selina. „Es ist wunderschön und aufregend.“ Sie wandte sich an die Prinzessin. „Ich kann verstehen, warum Frederik hierhergekommen ist.“

Sie blieben eine Weile auf der Brücke stehen, sahen einfach nur zu und genossen die Stimmung. Schließlich wandte Sebastian sich mit einem bedauernden Seufzer ab und sagte: „Das ist ja wirklich sehr hübsch, aber es bringt uns nicht weiter. Wir müssen uns jetzt beeilen und den *Blauen Papagei* finden." Er stockte. „Sind überhaupt alle da? Wo ist Zack?"

Selina sah sich um. „Er ist nicht hier", erwiderte sie.

„Dummer Vogel." Die Prinzessin schnaubte abfällig. „Wahrscheinlich hat er sich zu weit vorgebeugt und ist ins Wasser geplumpst."

„Oh nein!", schrie Selina erschrocken. „Das meinst du doch nicht ernst, oder?" Sie starrte in das schwarze Wasser unter der Brücke.

„Wahrscheinlich treibt er morgen leblos im Kanal", sagte die Prinzessin. Dann kicherte sie boshaft.

„Weißt du was …", keifte Selina. „Du bist das größte Ekel, das ich jemals getroffen habe!"

„Selina!", sagte Sebastian warnend.

„Tut mir leid, aber es stimmt doch", rief Selina trotzig. Als sie sich wütend abwandte und gehen wollte, versperrten ihr zwei Gestalten den Weg.

„Was wollt ihr?", fragte Selina entsetzt.

Die beiden trugen wallende Umhänge in hellen

Farben, an denen Kapuzen hingen, und dunkle Masken, die ihre Augen bedeckten. Der Figur nach zu urteilen handelte es sich um ein Mädchen und einen Jungen.

Die Haare der beiden waren kurz, stachelig gestylt und leuchtend gelb.

„Kommt mit uns“, sagte das Mädchen mit sanfter Stimme. „Wir laden euch zu unserer Party ein.“

„Wir versprechen euch, dass ihr jede Menge Spaß haben werdet“, fügte der Junge neben ihr hinzu.

Selina lief ein Schauer über den Rücken.

„Danke, aber wir können euch nicht begleiten“, sagte Sebastian mit fester Stimme. „Wir warten auf jemanden.“

„Moment mal“, entgegnete die Prinzessin plötzlich. Sie musterte den Jungen und das Mädchen. „Wer seid ihr eigentlich?“

„Das spielt keine Rolle“, antwortete das Mädchen. „Kommt einfach mit und lasst uns feiern!“

In diesem Moment schwebte der Rabe hinab und gesellte sich zu ihnen. „Da bist du ja, Zack“, sagte Sebastian. Seiner Stimme war die Erleichterung deutlich anzuhören. „Wo warst du denn?“, fügte er hinzu.

„Na, was glaubst du wohl“, erwiderte der Rabe schnippisch. Zack hob die Sonnenbrille ein wenig an und betrachtete interessiert die beiden Gestalten in ihren Umhängen. „Während ihr hier nur gequatscht habt, bin ich unserer eigentlichen Aufgabe nachgegangen.“

„Schon gut, Zack. Wir haben den Wink mit dem Zaunpfahl verstanden“, sagte Sebastian. „Nun sag schon, wo kommst du gerade her?“

„Ich habe ein paar Nachforschungen angestellt“, entgegnete Zack. „Beugt euch mal ein Stück vor. Links von der Brücke müsstet ihr den *Blauen Papagei* sehen.“

„Oh ja!“, rief Selina, die sich über die Brüstung gelehnt hatte. „Da ist ja das Café!“

„Gut gemacht, Zack“, sagte Sebastian und strich Zack über den Kopf.

„Dann gehen wir jetzt besser mal runter“, meinte Selina. Sie richtete sich auf und drehte sich um. Sie wollte den beiden Fremden sagen, dass sie die Einladung zu ihrer Party nicht annehmen konnten. Doch zu ihrem großen Erstaunen waren sie nicht mehr da. Das seltsame Pärchen hatte sich offenbar in Luft aufgelöst.

„Ich wüsste gerne, wer das gewesen ist“, überlegte Selina laut.

„Die kamen mir irgendwie komisch vor“, krächzte Zack. „Diese quietschgelben Haare sahen total unecht aus.“

„Habt Ihr nicht gesagt, dass Frederik sich seine Haare auch so gefärbt hat?“, fragte Sebastian die Prinzessin.

„Ja …“, antwortete sie zögernd. Die anderen spürten, dass da noch etwas im Busch war.

„Was ist?“, hakte Sebastian nach.

„Bei den beiden ist mir noch etwas aufgefallen. Sie hatten ein Piercing in der Nase.“

„Wie Frederik“, fügte Selina atemlos hinzu.

„Ja.“ Die Prinzessin nickte. „Die Stecker waren sehr klein und hatten die Form einer Sonne.“

„Und der von Eurem Bruder?“, fragte Sebastian gespannt.

„Der sieht ganz genauso aus“, erwiderte die Prinzessin.

„Und was machen wir jetzt?“, fragte Selina. Sie sah Sebastian dabei an.

„Da Zack das Café gefunden hat, sollten wir auch hingehen", sagte Sebastian.

„Hinter dem *Blauen Papagei* verbirgt sich mehr als ihr denkt", murmelte Zack geheimnisvoll.

„Was meinst du mit *mehr*?", fragte Sebastian. Sie stiegen gerade die steile Treppe an der Seite der Brücke hinunter.

„Das wirst du schon sehen", sagte Zack und flog voraus.

Der *Blaue Papagei* war düster, verraucht und bis auf den letzten Platz mit maskierten Festbesuchern besetzt. Einige luden die Gefährten lauthals ein, zu ihnen an den Tisch zu kommen, was die vier jedoch ablehnten.

Zack führte seine Schar durch einen Perlenvorhang ins Hinterzimmer. Dort hockte auf einer Sitzstange, die wie eine Schaukel geformt war, der schönste Papagei, den Selina jemals gesehen hatte. Sein Gefieder leuchtete in den unglaublichsten Blauschattierungen – von saphirblauen Federn auf seinem Rücken bis zu dem fast türkisfarbenen Flaum am Bauch.

Zack schob die Sonnenbrille nach oben und deutete mit einem seiner Flügel auf den atemberaubenden Vogel. „Das ist Bella, der blaue Papagei. Bella ist eine Freundin von mir. Leider hatten wir lange keinen Kontakt und ich wusste nicht, dass sie in Zenedig wohnt. Wir kennen uns schon eine Ewigkeit, nicht wahr, Schätzchen?"

„Das kann man wohl sagen, mein Kleiner." Bella nickte und wandte sich dann den anderen zu. „Ihr müsst Zacks Freunde sein. Nun, seine Freunde sind auch meine." Ihr Kopf wippte auf und ab. „Ich hoffe, ihr habt Hunger. Ich habe euch gerade etwas zu essen bestellt."

„Oh ja, danke! Das ist sehr nett von dir", sagte Sebastian. „Ich muss zugeben, dass ich ziemlich hungrig bin."

„Wie lange hast du dieses Café denn jetzt schon, Bella?", fragte Zack.

„Ach, schon eine ganze Weile", antwortete der Papagei. „Ganz unter uns", sie beugte sich verschwörerisch zu Zack, „bei all den Festen hier in der Stadt ist es eine richtige Goldgrube."

Dann kam das Essen. Erst als sich Zack und Bella einen Körnerkuchen geteilt hatten, ergriff die Papageiendame wieder das Wort. „Zack hat mir erzählt, dass ihr auf der Suche nach jemandem seid."

Die anderen drei waren noch dabei, die leckere Pizza zu verdrücken. Sebastian kaute schnell zu Ende, bevor er antwortete.

„Ja, wir suchen nach einem jungen Mann namens Frederik. Er ist der Bruder unserer Freundin Clarissa." Er zeigte auf die Prinzessin. „Wir glauben, dass er vielleicht in deinem Café war und sich hier mit einigen Leuten getroffen hat. Wir vermuten, dass sie zu einer Gemeinschaft gehören, die das Sonnenbild als Erkennungszeichen benutzt ..."

Bella unterbrach ihn mit einem markerschütternden Krächzen und fiel dabei beinahe von ihrer Sitzstange.

„Was hast du denn?", fragte Zack besorgt.

„Wegen ihrer Treffen hätte ich fast schließen müssen", stieß der Papagei hervor. „Ich sage euch, das ist vielleicht ein komischer Haufen. Es gibt eine Menge Gerüchte über sie."

„Was erzählt man sich denn so?", fragte die Prinzessin.

Doch Selina kam Bella zuvor. „Ich glaube, wir haben zwei von dieser Gemeinschaft auf der Brücke gesehen“, sagte sie aufgeregt. „Sie haben sich ziemlich seltsam verhalten und wollten uns unbedingt zu einer Party einladen.“

„Das glaube ich gerne!“ Bella krächzte empört. „So locken sie die jungen Leute an.“

„Die beiden sind verschwunden, als Zack dieses Café erwähnt hat“, erklärte Sebastian.

„Das wundert mich nicht“, krächzte Bella. „Diese Bande ist nicht mehr gut auf mich zu sprechen, denn ich habe sie rausgeschmissen.“

„Wir hätten mit ihnen gehen sollen. Sie hätten uns möglicherweise zu Frederik geführt“, sagte Clarissa. „Wir müssen versuchen, sie wiederzufinden!“

„Wenn dein Bruder jetzt zu ihnen gehört, ist er schon längst nicht mehr in Zenedig“, erklärte Bella. „Wahrscheinlich haben sie ihn in ihr Hauptquartier gebracht. Wenn du ihre ‚Einladung‘ angenommen hättest, wärst auch du mit hineingezogen worden. Bitte merkt euch meine Worte: Haltet euch von diesen Leuten fern!“

„Das klingt ziemlich unheimlich“, murmelte

Zack. Ihm stand sein Gefieder zu Berge. „Warum hast du sie denn hinausgeworfen, Bella?“, fügte er hinzu.

„Nun, wie ich schon sagte“, begann Bella, „sie haben mein Café für ihre Treffen benutzt und hier nach neuen Mitgliedern gesucht. Zuerst hat mich das nicht weiter gestört, aber in letzter Zeit hat sich etwas geändert.“

„Wie meinst du das?“, fragte Sebastian.

„Sie wurden immer hartnäckiger. Es kam mir so vor, als würde ihnen jemand befehlen, immer mehr Mitglieder anzuwerben.“ Bella zuckte mit den Flügeln. „Auf jeden Fall gefiel es mir nicht, dass meine Kunden so bedrängt wurden. Besonders erschüttert war ich, als mir schlimme Gerüchte zu Ohren kamen. Die jungen Leute, die sie angeworben hatten, sollen alle spurlos verschwunden sein. Daher habe ich die ganze Bande vor die Tür gesetzt. Mit deutlichen Worten habe ich ihnen zu verstehen gegeben, dass sie sich einen anderen Treffpunkt suchen sollen. Mit ihren undurchsichtigen Machenschaften hätten sie mir glatt den Laden ruiniert!“ Bella schüttelte den Kopf.

„Weißt du vielleicht, wann und wo das nächste Treffen stattfindet?" Selina knetete vor Aufregung ihre Hände.

„Ich habe nicht den leisesten Schimmer, meine Süße", antwortete Bella. „Aber ich kann euch sagen, wo sich das Hauptquartier dieser komischen Bande befindet. Ich habe nämlich durch Zufall mitbekommen, wie sich zwei von ihnen darüber unterhalten haben."

„Mach's nicht so spannend!", bat Zack.

„Sie redeten davon, dass sie sich auf die Reise zum Sonnenberg vorbereiten müssten."

„Zum Sonnenberg?" Sebastian runzelte die Stirn.

„Hast du schon von dem gehört?", fragte ihn die Prinzessin.

Sebastian nickte langsam. „Ja", sagte er. „Ich erinnere mich, dass Zenobius vor einiger Zeit über ihn gesprochen hat. Es handelt sich eigentlich um einen erloschenen Vulkan, der sich inmitten der Wolkenberge befindet."

„Dort sind doch auch die Weidegründe der Einhörner!", rief Selina aufgeregt.

„Stimmt", hauchte er.

„Aber das ist sehr, sehr weit weg von hier", sagte Selina.

„Bist du denn schon mal da gewesen, meine Kleine?", fragte Bella.

„Oh ja", erwiderte sie. „Wir waren mit dem Einhornfohlen Peregrin dort, als wir es zur Herde zurückgebracht haben."

„Sieht so aus, als müsstet ihr noch einmal in diese Gegend", meinte Bella. „Jedenfalls, wenn du deinen Bruder wiederfinden willst", fügte sie an die Prinzessin gewandt hinzu.

„Ich hoffe, es geht ihm gut", sagte Clarissa mit schwacher Stimme.

„Bei der Reise zu den Wolkenbergen gibt es nur ein Problem", meinte Zack.

„Und das wäre?", fragte der blaue Papagei.

„Wir wissen nicht, wie wir dort hinkommen." Der Rabe schwieg einen Moment, dann legte er den Kopf schief und schaute Sebastian an. „Meinst du nicht, es wäre Zeit für ein bisschen Magie, Kumpel?"

„Nein", antwortete Sebastian. „Nur, wenn es nicht anders geht. Aber noch ist es dafür viel zu früh."

Rückkehr der Einhörner

„Wie sollen wir denn ohne Magie zum Sonnenberg kommen?“, fragte Zack Sebastian. „Zu Fuß wird das ewig dauern. Die schlaueste Lösung wäre es doch, einen von unseren Zaubersprüchen als Transportmittel zu benutzen.“

„Du müsstest mittlerweile wissen, dass ich sie lieber aufspare. Vielleicht brauchen wir sie für einen dringenden Notfall“, erwiderte Sebastian ernst.

„Zenobius war nicht der Meinung, dass diese Aufgabe besonders gefährlich ist“, sagte Selina. „Aber die Gerüchte um diese geheime Gesellschaft gefallen mir überhaupt nicht.“

„Mir auch nicht“, bekräftigte Sebastian.

„Und was wollt ihr jetzt tun, meine Schätzchen?“, fragte Bella.

„Ich habe eine Idee“, sagte Sebastian auf einmal.

„Echt?“, fragte Selina. Sie bemerkte, dass seine Augen hinter der schwarzen Samtmaske funkelten.

„Die Einhörner werden uns bestimmt helfen“, erwiderte Sebastian.

„Natürlich. Die waren ja damals so dankbar, dass wir eine ihrer Stuten aus den Fängen der bösen Eiskönigin befreit haben“, sagte Selina.

„Ich bin sicher, dass sie uns gerne zu den Wolkenbergen bringen würden“, krächzte Zack. „Aber habt ihr beiden da nicht eine Kleinigkeit vergessen?“

„Und die wäre?“ Sebastian grinste seinen gefiederten Freund an.

„Na ja, die Einhörner wissen doch gar nicht, dass wir sie brauchen. Willst du ihnen etwa einen Brief schreiben?“

„Es ist lustig, dass ausgerechnet *du* mich das fragst“, erwiderte Sebastian.

Zack starrte ihn einen Moment lang an, dann schüttelte er den Kopf. „Oh nein!“, krächzte er. „Nein! Kommt nicht infrage!“

„Du wirst für die Strecke nicht lange brauchen“, sagte Sebastian. „Während du unterwegs bist, um die Einhörner zu holen, werde ich mit den Mädchen das Boot zum Festland bringen. Dort warten wir auf dich und die Einhörner.

„Meinst du, das Einhornfohlen Peregrin oder seine Mutter Pamina wird kommen?“, fragte Selina Sebastian.

„Wenn sie wissen, dass ich hier bin, bestimmt nicht!“, sagte die Prinzessin anstelle des Zauberlehrlings.

„Da hat sie Recht“, krächzte Zack. Er musterte Clarissa von oben bis unten. „Und das kann man ihnen auch nicht verdenken“, fügte er schadenfroh hinzu. „Immerhin hast du mal versucht, das Einhornfohlen in Gefangenschaft zu halten, oder?“

„Das ist doch jetzt Schnee von gestern“, sagte Sebastian. „Und abgesehen davon sind Einhörner die sanftesten Wesen, die es gibt. Sie sind Clarissa bestimmt nicht mehr böse.“

„Aber der Eiskönigin werden die Einhörner mit Sicherheit nie verzeihen, dass sie Pamina von ihrem Fohlen getrennt hat, um die Einhornstute als Arbeitstier für sich schuften zu lassen“, sagte Zack schaudernd.

„Das stimmt. Zum Glück haben wir die Eiskönigin besiegt“, erwiderte Sebastian. „Nun muss sich keiner von uns mehr vor ihr fürchten, auch die Einhörner nicht. Also, Zack, machst du dich jetzt auf den Weg?“

„Hab ich denn eine Wahl?“, murmelte der Rabe.

„Eigentlich nicht.“

„Das habe ich mir schon gedacht.“ Er schlug mit den Flügeln. Über den Rand seiner dunklen Sonnenbrille hinweg sah er Bella an. „Es war toll, dich wiederzusehen, Zuckerschnäuzchen“, sagte er lässig. „Wir müssen uns demnächst unbedingt mal treffen, wenn ich nicht so im Stress bin.“

„Klar, mein Kleiner“, sagte Bella. Sie beugte sich vor und berührte seinen Schnabel zart mit ihrem. „Pass gut auf dich auf. Es sind nicht mehr allzu viele von uns alten Hasen übrig.“

Das Fest war immer noch in vollem Gange, als Zack von der Tränenbrücke zu seinem langen Flug startete. Nachdem sie ihm hinterhergewinkt hatten, kehrten Sebastian und die beiden Mädchen in den *Blauen Papagei* zurück. Im Hinterzimmer standen Betten, auf die sie sich legen konnten. Sie versuchten, so viel Schlaf wie möglich zu bekommen, bevor die Sonne über Zenedig aufging.

Nach einem Frühstück aus Früchten und frischem, knusprigem Brot verabschiedeten sich die Gefährten von Bella. Dann machten sie sich auf den Weg zu dem Steg, an dem sie ihr Boot angebunden hatten.

An diesem Tag war alles anders als am Abend zuvor. Die Menschen gingen eilig ihren Geschäften nach. Niemand feierte mehr und keine einzige Maske war zu sehen.

„Och, wie schade“, sagte Selina und stopfte ihre Maske wieder in die Tasche. „Ich hatte mich schon darauf gefreut, sie noch mal zu tragen.“

„Damit hast du eindeutig besser ausgesehen“, stichelte die Prinzessin.

Selina biss sich auf die Lippe und wandte sich hastig ab. Dabei fiel ihr Blick auf Sebastian. Als er sie anlächelte, fühlte sie sich gleich besser.

Nachdem sie an Bord gegangen waren, stieß Sebastian das Boot vom Steg ab. Er steuerte es durch den schmalen Kanal zu dem breiten Hauptwasserweg. Innerhalb kürzester Zeit glitten sie durch die Wellen auf die Flussmündung zu. So ließen sie die goldene Stadt Zenedig hinter sich, die noch vom frühmorgendlichen Nebel eingehüllt war.

Kurz darauf bogen sie in eine schmale Bucht ein, die vor lauter Schilf und Binsen kaum zu erkennen war.

„Puh, das ist gar nicht so einfach“, rief Sebastian. „Ich kann kaum sehen, wo wir hinfahren.“

„Ich helfe dir“, sagte Selina. Sie krabbelte zum Bug des Bootes.

Die Prinzessin hingegen blieb mit geschlossenen Augen auf den bunten Kissen liegen.

Selina rief Sebastian Anweisungen zu. Gemeinsam lenkten sie das Boot so durch die völlig zugewachsene Bucht. Endlich konnten sie am Ufer anlegen. Dort banden sie das Boot an den kräftigen Ästen eines Gebüschs fest.

„Hier ist es“, sagte Sebastian. „Ich habe mit Zack abgemacht, dass wir im Schutz dieser

Bäume auf ihn warten." Er zeigte auf einen Streifen dunkelgrüner Nadelbäume. „Mir war gestern eingefallen, dass wir auf unserem Weg nach Zenedig daran vorbeigekommen sind."

Sie kletterten an Land und ließen sich unter den Bäumen auf einer Wiese mit hohem Gras nieder.

„Was meinst du, wie lange er braucht?", fragte die Prinzessin etwas später. „Mir wird langsam langweilig."

„Es ist ganz schön weit bis zu den Einhörnern", antwortete Sebastian. „Es wird einige Zeit dauern, bis Zack da ist. Und dann müssen die Einhörner auch noch den ganzen Weg hierher zurücklegen."

„Es wäre wunderbar, Peregrin und Pamina wiederzusehen", sagte Selina, „und Cornelius natürlich."

„Wer ist denn Cornelius?", fragte die Prinzessin. Selina merkte, dass sie neugierig war, obwohl sie sonst immer so gleichgültig tat.

„Cornelius ist der Vater von Peregrin", antwortete Selina.

„Ich werde mich mal ein bisschen umsehen",

sagte Sebastian und erhob sich. „Ihr beiden bleibt hier. Es könnte sein, dass Zack in der Zwischenzeit auftaucht."

Selina blickte erschrocken auf. Sie wollte auf gar keinen Fall mit der Prinzessin alleine bleiben. Bevor sie sich jedoch beschweren konnte, war Sebastian auch schon zwischen den Bäumen verschwunden.

Die Mädchen schwiegen eine Weile. Dann drehte die Prinzessin sich langsam zu Selina um und musterte sie. „Sag mal, wie oft warst du eigentlich schon mit Sebastian unterwegs?", wollte sie wissen.

„Zweimal", antwortete Selina. „Das ist jetzt das dritte Mal."

„Und warum fragt er immer *dich*?" Die Prinzessin rümpfte die Nase. Sie schien sich überhaupt nicht vorstellen zu können, wie er auf so eine Idee kam.

„Keine Ahnung." Selina zuckte die Achseln. „Vielleicht weil ich ein gutes Gedächtnis habe. Sebastian fällt es nämlich schwer, die Zaubersprüche zu lernen."

„Aha. Es wundert mich, dass Zenobius dir erlaubt, ihn zu begleiten", sagte die Prinzessin. „Er ist so ein griesgrämiger alter Knacker."

„Ist er nicht!", widersprach Selina hitzig. „Ich mag ihn."

„Du magst ihn?" Die Prinzessin starrte sie verächtlich an. „Du spinnst ja. Ich kann ihn nicht ausstehen." Clarissa blieb längere Zeit still. Schließlich überwog die Neugier. „Sag mal, wie ist denn die Welt, aus der du kommst?", fragte sie.

„Wie meinst du das?" Selina runzelte die Stirn.

„Na ja, ist es bei euch wie in Zavania?"

„Einige Dinge sind ähnlich, andere überhaupt nicht."

„Und wie sind die Leute in deinem Land?", bohrte die Prinzessin weiter. „Sind die so wie bei uns?"

Selina dachte eine Weile über Clarissas Frage nach. „Ja, ich glaube schon", antwortete sie dann. „Bei mir an der Schule gibt es nämlich ein Mädchen, das dir ziemlich ähnlich ist. Sie heißt Jessica."

„Wirklich?" Die Prinzessin schaute Selina verwundert an. „Ist sie hübsch?"

„Ähm, ja“, antwortete Selina. „Jedenfalls hält sie sich für die Allerschönste.“

„Erstaunlich“, sagte die Prinzessin. „Ich hätte nicht gedacht, dass es irgendwo noch jemanden gibt, der so ist wie ich.“

„Ich auch nicht. Es ist wirklich kaum zu glauben“, murmelte Selina, während sie an Jessica dachte.

Danach schwiegen beide. Nachdem Sebastian zurückgekommen war, dösten alle drei friedlich im Schatten vor sich hin.

Selina regte sich als Erste. Ein unbekanntes Geräusch hatte sie geweckt. Als es immer lauter wurde, sprang sie auf.

„Was ist denn, Selina?“ Sebastian hatte jetzt auch die Augen aufgemacht und schaute zu ihr hoch.

„Ich hab das Geräusch von Hufen gehört!“, rief sie und ihre roten Locken wehten in der Brise, die durch die Bäume und hohen Gräser fuhr.

Und plötzlich galoppierten sie über die Wiese auf sie zu – zwei prachtvolle weiße Einhörner, deren Mähnen im Wind wehten. Zack flog neben ihnen her. Eines der Einhörner kam elegant vor ihnen zum Stehen.

„Es ist Cornelius!“, rief Sebastian.

„Aber das andere ist nicht Pamina“, murmelte Selina, als das zweite Einhorn sich zu Cornelius gesellt hatte.

„Hallo, meine Freunde!“, wieherte Cornelius. „Dies ist mein Bruder Caspar. Es ist uns eine Ehre, euch zu den Wolkenbergen zu bringen.“

„Dafür sind wir euch beiden sehr dankbar“, erwiderte Sebastian. „Wir sind unterwegs, um Prinzessin Clarissa einen Wunsch zu erfüllen.“

Cornelius sah Clarissa durchdringend an.

„Kronprinz Frederik, also ihr Bruder ist verschwunden. Die Prinzessin möchte, dass er wieder nach Hause kommt“, sagte Sebastian hastig. Er hatte Angst, dass die Einhörner es sich wieder anders überlegen würden. Schließlich hatte Prinzessin Clarissa Cornelius' Sohn gefangen gehalten, um später auf ihm zu reiten.

„Hast du eine Idee, wo der Prinz sein könnte?“, fragte Cornelius. Er ließ die Prinzessin dabei nicht aus den Augen.

„Man hat uns erzählt, dass er sich möglicherweise einer geheimnisvollen Gemeinschaft angeschlossen hat. Ihr Hauptquartier befindet sich auf dem Sonnenberg. Er gehört zu der Bergkette in der Nähe eurer Weidegründe."

„Ja", sagte Cornelius. „Das ist richtig. Wir haben seltsame Geschichten über die Leute gehört, die auf dem Berg leben. Es heißt, sie beten die Sonne an. Ihnen gehört mittlerweile fast das gesamte Bergland."

„Und dort sollen wir euch hinbringen?", fragte Caspar.

„Ja, bitte", erwiderte Sebastian.

„Nun gut", sagte Cornelius. „Doch zuerst müssen wir etwas trinken und uns ein wenig erholen."

Selina sah den Einhörnern nach, als sie zum Flussufer trabten. „Ich wüsste gerne, warum Pamina nicht mitgekommen ist", sagte sie.

„Es geht ihr nicht gut", krächzte Zack. Er hatte sich in der Zwischenzeit auf einem Ast niedergelassen, um sich auszuruhen.

„Was hat sie denn?", fragte Sebastian.

„Ich weiß es nicht genau", erwiderte Zack. „Sie hat noch ein Fohlen bekommen …"

„Oh, das ist doch toll!“, rief Selina.

„Es war eine anstrengende Geburt. Aber das allein kann es nicht sein.“ Zack schüttelte den Kopf. „Paminas Krankheit haben nämlich auch einige andere in der Herde. Betroffen sind vor allem die älteren Einhörner, die ganz jungen und alle, die nicht besonders kräftig sind.“

„Weiß denn niemand, woher diese Krankheit kommt?“, fragte die Prinzessin.

„Cornelius ist überzeugt davon, dass jemand das Flusswasser verschmutzt hat“, sagte Zack düster.

„Wie furchtbar“, rief Selina. „Wer würde denn so etwas tun?“

„Gute Frage“, murmelte Zack. „Ich befürchte, dass im Land der Wolkenberge was Schlimmes im Gange ist. Das spüre ich in meinen Knochen.“

Auf den Wolkenbergen

Nachdem die Einhörner vom Fluss zurückgekommen waren, machten sie sich auf den Weg zu den Wolkenbergen.

Sebastian und Zack, der immer noch ziemlich erschöpft von der langen Reise war, ritten auf Caspar. Die beiden Mädchen saßen auf Cornelius' Rücken.

Während die Einhörner durch das lange Gras trabten, beugte sich Selina vor. „Zack hat mir erzählt, dass euer Wasser verschmutzt wurde", flüsterte sie Cornelius ins Ohr.

Der Einhornhengst drehte den Kopf ein wenig zur Seite, um ihr besser antworten zu können. „Ja, das stimmt", wieherte er. „Ich wollte, dass die Herde zu einer anderen, besseren Weide zieht. Viele von uns sind jedoch bereits so geschwächt, dass sie die Reise nicht mehr schaffen würden."

„Hast du eine Ahnung, wer euch das angetan hat?", fragte Selina.

Cornelius schüttelte den Kopf. „Es war wohl irgendjemand weiter oben in den Bergen", sagte er. Dann fiel er zusammen mit Caspar in einen schnellen Trab, sodass sich jedes weitere Wort im Wind verlor.

Selinas Locken wehten umher und sie klammerte sich fest an Cornelius' Horn. Prinzessin Clarissa saß direkt hinter ihr. Sie stieß einen spitzen Angstschrei aus, weil Cornelius immer schneller wurde.

„Halt dich an mir fest!", rief Selina.

Einen Moment lang sah es so aus, als würde die Prinzessin das für unter ihrer Würde halten. Als die Einhörner nun aber losgaloppierten, überlegte sie es sich anders. Clarissa schlang die Arme dermaßen fest um Selinas Taille, als ginge es um ihr Leben.

Ihr wilder Ritt führte sie in die dunklen, unheimlichen Tiefen des verzauberten Einhornwaldes. Die Bäume wuchsen bis dicht an den Weg heran. Deshalb mussten Caspar und Cornelius langsamer werden.

Selina war schon einmal hier gewesen. Damals hatten Sebastian, Zack und sie die Aufgabe gehabt, das Fohlen Peregrin zu seiner Herde zurückzubringen. Sie waren großen Gefahren ausgesetzt gewesen und hatten beim Kampf gegen die böse Eiskönigin viele Ängste ausgestanden. Als diese Erinnerungen auf sie einstürmten, merkte Selina, dass sie den Wald noch genauso unheimlich fand wie damals.

„M-mir g-gefällt's hier nicht", stotterte die Prinzessin über Selinas Schulter hinweg, als die Einhörner schließlich im Schritt gingen.

„Mir auch nicht", erwiderte Selina, „doch das lässt sich nicht ändern."

„Aber ich fürchte mich so sehr", jammerte die Prinzessin.

„Dann mach die Augen zu", sagte Selina.

Sie ritten weiter durch die mondlose Nacht und erreichten erst bei Tagesanbruch das Ende des Waldes. In einiger Entfernung konnten sie eine mächtige Bergkette ausmachen, deren Spitzen in die Wolken ragten.

„Da sind sie“, hauchte Selina. „Die Wolkenberge.“

„Ich glaube nicht, dass Frederik da oben ist“, raunte ihr die Prinzessin ins Ohr. „Er hat doch Höhenangst.“

„Sebastian hat gesagt, dass der Sonnenberg in der Nähe dieses Gebirge ist“, erwiderte Selina. „Wenn Frederik tatsächlich mit seinen neuen Freunden mitgegangen ist, muss er dort sein.“

„Wo ist denn die Einhornherde?“, fragte die Prinzessin. Sie reckte den Hals, um über Selinas Schulter sehen zu können.

Es war Cornelius, der ihre Frage beantwortete: „Sie grast auf den Weiden an den Ausläufern der Berge.“

„Wir sind fast da“, rief Zack und flog von Caspars Rücken. Er trug immer noch die Sonnenbrille, die er in Zenedig gekauft hatte. Er sah damit so lustig aus, dass Selina lächeln musste.

Dann sah sie plötzlich die Einhörner. Die Fohlen galoppierten über saftige Wiesen voller Mohnblumen und Gänseblümchen.

„Da sind sie!“, rief Sebastian. Er zeigte geradeaus und sein Umhang bauschte sich im Wind.

Die älteren Einhörner grasten friedlich im Schutz einer Baumreihe. Bei Caspars und Cornelius' Rückkehr sahen alle auf und wieherten zur Begrüßung.

Zack flog über ihre Köpfe hinweg und krächzte vergnügt.

Selina, Sebastian und Clarissa stiegen ab. Sie mussten sich erst einmal strecken, um die Steifheit aus ihren Gliedern zu vertreiben. Dann sahen sie, dass Peregrin den Rest der Herde verlassen hatte und auf sie zutrabte.

„Oh, Peregrin!", rief Selina. Sie breitete beide Arme aus, als das junge Einhorn in ihre Richtung galoppierte. Als es sie erreicht hatte, schlang Selina die Arme um seinen Nacken und drückte es ganz fest an sich. „Ist das schön, dich wiederzusehen!"

„Selina! Sebastian! Zack!" Vor lauter Aufregung und Freude liefen Peregrin dicke Tränen übers Gesicht. Doch dann erblickte er die Prinzessin. Sofort legte er die Ohren an und verdrehte vor Schreck die Augen.

„Es ist alles in Ordnung, Peregrin", versicherte ihm Sebastian. „Wirklich, glaub mir."

„Aber das ist sie …“, wimmerte Peregrin. „Sie wollte, dass ich bei ihr bleibe.“

„Ich weiß“, sagte Sebastian beruhigend.

Clarissa schnaubte nur verächtlich und warf den Kopf in den Nacken.

„Aber das tut ihr jetzt sehr leid, nicht wahr?“ Sebastian sah Clarissa auffordernd an.

Sie antwortete jedoch nicht.

„Es tut Euch doch leid, Königliche Hoheit?“, sagte Sebastian diesmal lauter.

„Was denn?“ Die Prinzessin betrachtete andächtig ihre Fingernägel.

„Na, dass Ihr Peregrin in Gefangenschaft gehalten habt.“

„Ja, ja“, fauchte sie gereizt. „’tschuldigung …“

„Siehst du“, sagte Sebastian zu Peregrin. Das junge Einhorn wirkte nicht überzeugt, obwohl es tapfer nickte. Selina fiel auf, dass es sich auch weiterhin in sicherer Entfernung zur Prinzessin aufhielt.

„Warum seid ihr eigentlich hier?“, fragte Peregrin neugierig. Sie gingen nun zur übrigen Herde, die unter den Bäumen weidete.

„Wir suchen nach Prinz Frederik, dem Bruder

der Prinzessin“, erklärte Sebastian. „Wir glauben, dass er sich in diesem Gebiet aufhält.“

„Oh, dann wünsch ich euch viel Glück, dass ihr ihn findet. Es ist ja so schön, euch wiederzusehen! Wusstet ihr schon, dass ich ein Geschwisterchen bekommen habe?“, wieherte Peregrin.

„Ja.“ Selina lächelte. „Können wir es sehen?“

Peregrin nickte. „Es ist ein Mädchen und heißt Petita. Meine kleine Schwester steht drüben bei meiner Mutter.“

Und so gingen die Freunde mit Cornelius und Peregrin zu der Baumreihe hinüber. Dort trafen sie Pamina mit ihrer Tochter. Caspar war bereits zu seiner eigenen Familie getrabt.

Pamina freute sich sehr über den Besuch der Freunde und zeigte ihnen stolz ihr Fohlen. Es war erst wenige Tage alt und noch wackelig auf seinen langen Beinen. Besorgt bemerkte Selina, dass viele der Einhörner sehr schwach aussahen. Ihr Fell wirkte stumpf und hatte seinen Glanz verloren. Einige der Einhörner schienen sogar Schwierigkeiten zu haben, längere Zeit zu stehen. Andere hatten offenbar furchtbare Magenkrämpfe.

„Aber warum habt ihr uns denn nicht sofort um Hilfe gebeten?“, fragte Sebastian. „Ihr hättet euch doch mit einem Wunsch an Zenobius wenden können.“

„Ich habe gedacht, ich könnte meine Herde rechtzeitig woandershin bringen“, antwortete Cornelius. „Es ist immer schlimmer geworden. Erst gestern kam ich auf die Idee, dass es am Wasser liegen könnte.“

„Und obwohl ihr selbst in Not seid, habt ihr uns geholfen“, sagte Selina mit Tränen in den Augen.

„Selbstverständlich! Wir werden immer für euch da sein, wenn ihr uns braucht“, erwiderte Cornelius.

„Ja, und jetzt sind wir hier und ihr braucht *unsere* Hilfe“, entgegnete Sebastian mit fester Stimme.

„Meinst du, wir könnten dafür einen Zauberspruch anwenden, Kumpel?“, fragte Zack.

„Und ob“, antwortete Sebastian. „Falls es nötig sein sollte, werden wir ihn benutzen. Aber zuerst möchte ich mir mal das Wasser des Flusses genauer ansehen.“

„Gerne“, sagte Cornelius. „Ich werde dich hinbringen.“

Während die beiden sich auf den Weg machten, blieben die anderen bei der Einhornherde zurück. Selina erklärte Pamina, warum sie hier waren. Genau wie ihr Sohn schien auch Pamina misstrauisch gegenüber der Prinzessin zu sein.

Nach kurzer Zeit tauchte Cornelius mit Sebastian auf dem Rücken wieder auf.

„Na, wie sieht's aus, Freunde?“, fragte Zack.

„Der Fluss ist tatsächlich verseucht“, sagte Sebastian mit ernster Miene. „Das Wasser hat eine seltsame gelbe Farbe. Es schmeckt metallisch und riecht stark nach Schwefel. Es ist kein Wunder, dass die Einhörner davon krank werden.“

„Am Anfang war es nicht so schlimm“, meinte Cornelius. „Eine Zeit lang wussten wir nicht mal, dass etwas damit nicht stimmt. Wir haben hin und her überlegt, woran es liegen könnte, dass es einigen von uns so schlecht geht.“

„Was glaubst du, wieso es so verdreckt ist, Sebastian?“, fragte Selina besorgt.

„Tja, wer weiß!“, antwortete Sebastian. „Aber was immer da auch drin ist: Ich werde dafür sorgen, dass es verschwindet. Sobald die Einhörner frisches Wasser zu trinken haben, werden sie wieder zu Kräften kommen. Deshalb möchte ich jetzt einen unserer Zaubersprüche einsetzen. Seid ihr alle dafür?“

„Oh ja!“, rief Selina.

„Na klar!“, krächzte Zack.

„Gut“, sagte Sebastian, „dann …“

„Moment mal!“ Die Prinzessin sprang auf, stützte die Hände in die Hüften und funkelte die anderen wütend an. „Du hast vor, einen unserer wertvollen Zaubersprüche zu benutzen, um den Fluss zu säubern?“

„So ist es“, antwortete Sebastian ruhig.

„Habt Ihr damit ein Problem?“, fragte Zack frech und beäugte die Prinzessin von oben bis unten.

„Allerdings!“ Die Prinzessin stampfte wütend auf den Boden. „Wie viele Zaubersprüche habt ihr, um meinen Wunsch zu erfüllen?“, wollte Clarissa wissen.

„Zwei“, erwiderte Zack.

„Mit dir habe ich nicht geredet, du elendes Federvieh“, fuhr Clarissa ihn an. Peregrin rollte mit den Augen und stieß ein nervöses Wiehern aus. Zack krächzte entrüstet.

„Es stimmt", sagte Sebastian ruhig. „Wir haben nur die beiden Zaubersprüche."

„Dann verlange ich, dass ihr sie für meinen Wunsch aufspart", forderte die Prinzessin.

„Aber die Einhörner sind in Not!", rief Selina wütend.

„Frederik vielleicht auch!", gab die Prinzessin zurück.

„Die Einhörner sind unsere Freunde. Wir können sie nicht im Stich lassen", sagte Selina verzweifelt.

„Und Frederik ist mein Bruder!" Die Prinzessin griff nach Sebastians Arm. „Du trägst hier die Verantwortung. Jedenfalls hast du das die ganze Zeit behauptet. Also sag jetzt bitte, dass die Zaubersprüche nicht so leichtsinnig verschwendet werden dürfen."

„Oh Mann!" Zack schlug mit den Flügeln. „Hab ich's nicht gesagt? Die macht nichts als Ärger", murmelte er kaum hörbar.

Sebastian richtete sich zu seiner vollen Größe auf, warf den Umhang über die Schulter und sagte: „Ihr habt vollkommen Recht, Eure Hoheit. Ich trage die Verantwortung. Was ich entscheide, wird getan."

Für einen Moment rutschte Selina das Herz in die Hose. Sie dachte, die Prinzessin würde ihren Kopf durchsetzen. Doch dann trat Sebastian vor und machte ihr ein Zeichen, zu ihm zu kommen. Selinas Laune stieg schlagartig. Feierlich hob er die Hand. Die Strahlen der Morgensonne fingen sich in dem Ring mit dem Topas, den er am Finger trug.

Selina holte tief Luft. Gleich darauf sagten Sebastian und sie den Zauberspruch auf. Zack, Clarissa und die gesamte Einhornherde sahen gespannt zu.

„Zarusa, Zariski, Zarene,
lass strahlen diesen Stein.
Zollaria, Zolluria, Zollene,
im warmen gelben Schein."

Nachdem sie geendet hatten, herrschte atemlose Stille. Selina wunderte sich, dass zunächst gar nichts passierte. Normalerweise erschien nach einem Zauberspruch nämlich ein greller Blitz und der Stein glühte auf.

Mit einem Mal wurde es heller.

Sebastian sagte mit lauter Stimme: „Oh mächtiger Topas, lass jetzt und für alle Zeiten frisches Wasser in diesem Fluss fließen."

Die Landschaft um sie herum wurde in ein goldenes Licht getaucht. Alle schauten sich um, bis die Umgebung wieder die Farben eines ganz normalen Sommermorgens annahm.

„Ihr könnt das Wasser aus dem Fluss jetzt problemlos trinken", verkündete Sebastian voller Freude.

„Dafür können wir dir niemals genug danken", erwiderte Cornelius sichtlich gerührt. Er beobachtete, wie die Herde zum Fluss stürmte. Die Einhörner waren sehr durstig. Sie konnten es kaum erwarten, zum Wasser zu kommen.

Pamina liefen Tränen über die Wangen. Zärtlich stupste sie ihr Fohlen an. Zack schniefte vernehmlich und Selina schluckte, um den dicken Kloß in ihrem Hals loszuwerden. Selbst die Prinzessin wirkte so überwältigt, dass sie ausnahmsweise mal nicht quengelte.

„Und jetzt müssen wir uns auf den Weg zum Sonnenberg machen und unseren Auftrag erfüllen“, sagte Sebastian bestimmt.

„Ich werde euch dorthin führen“, erwiderte Cornelius. „Doch am Fuß des Berges müsst ihr allein weitergehen. Der Pfad hinauf ist viel zu eng und gefährlich für uns Einhörner.“

Manfredo Meckmeck

Nach einigen Stunden erreichten die Freunde die Ausläufer des Berges.

„Bis hierhin kann ich euch begleiten", sagte Cornelius schließlich. „Bis zu euerm Ziel ist es aber noch ein weiter Weg."

Alle sahen zum Berg, dessen Gipfel in Wolken gehüllt war.

„Vielen Dank für deine Hilfe", sagte Sebastian. „Wir sehen uns auf unserem Rückweg nach Zarania wieder."

„Passt auf euch auf", erwiderte der Einhornhengst. Dann wandte er sich ab und galoppierte mit erhobenem Haupt zurück.

Die Freunde machten sich an den Anstieg. Schon bald begann die Prinzessin, sich zu beschweren. „Ich bin müde, ich habe Hunger und

Durst“, jammerte sie. „Können wir nicht irgendwo Rast machen? Ich hätte gerne etwas Kuchen und dazu Orangensaft.“

„Woher wollt Ihr das denn nehmen, Königliche Hoheit? Glaubt Ihr vielleicht, dass hinter der nächsten Biegung ein Café auf uns wartet?“ Zack schnaubte abfällig.

„Natürlich nicht“, erwiderte die Prinzessin kalt. „Aber Sebastian besitzt magische Kräfte. Für solche Situationen hat er doch seine Zaubersprüche. Wenn er einen davon für diese Einhörner einsetzen kann, kann er den anderen ja wohl für mich nehmen.“

„Nur für dich?“, rief Selina empört. Sie ließ sich neben einem riesigen Stein auf ein Fleckchen Gras plumpsen. „Und was ist mit uns?“

„Pah! Du bist keine Prinzessin. Ich schon!“, erwiderte Clarissa.

„Dein Bruder scheint dir ja nun nicht mehr wichtig zu sein!“, fauchte Selina. „Benehmen sich eigentlich alle Prinzessinnen so wie du?“, fuhr sie fort. „Dann bin ich froh, dass ich keine bin!“

Selina hatte ein ganz rotes Gesicht und ihre

Locken waren vom Wind zerzaust. Nach dem langen Weg war sie völlig außer Atem.

„Wir werden hier eine Weile rasten", verkündete Sebastian.

Die anderen ließen sich neben Selina ins Gras fallen. Sie bemerkte, dass Sebastian ein wenig besorgt aussah. Ob er sich wohl auch den Kopf darüber zerbricht, was wir essen und trinken sollen?, fragte sie sich. Ihr war klar, dass Sebastian ihren letzten Zauberspruch nicht so schnell einsetzen würde, auch wenn ihr Magen schon laut knurrte.

Die Gefährten lehnten sich zurück und blickten zum Gipfel des Sonnenbergs.

„Sieh mal, Zack", sagte Sebastian. „Da oben fliegen Vögel. Was glaubst du, was das für welche sind?"

„Ich hab keinen blassen Schimmer", antwortete Zack kopfschüttelnd. „Vielleicht sind es Adler, so hoch wie die fliegen."

„Das sind Hunderte", sagte Selina. „Ich finde, für Adler sehen sie zu klein aus."

„Ich kann mir echt nicht vorstellen, was Prinz Frederik dort oben macht", bemerkte Sebastian.

„Daran habe ich auch gerade gedacht“, murmelte Selina. „Vielleicht ist er gar nicht freiwillig hier!“

„Du meinst, sie halten ihn gegen seinen Willen fest?“, rief die Prinzessin. In der dünnen Bergluft klang ihre Stimme merkwürdig schrill.

„Ich wüsste jedenfalls auch nicht, warum sich jemand sonst hier herumtreiben sollte“, sagte Zack. „Bella hat doch erzählt, dass die Mitglieder hartnäckig angeworben werden. Möglicherweise hat man Frederik sogar gezwungen mitzugehen.“

„Aber warum steht auf seiner Karte, dass es ihm gut geht?“, fragte die Prinzessin.

„Wahrscheinlich war zu dem Zeitpunkt noch alles in Butter“, krächzte Zack.

„Wo kommt denn dieses Geräusch her?“, murmelte Selina auf einmal und schaute sich um.

„Was meinst du?“, fragte die Prinzessin. „Ich höre nichts.“

„Doch, da war etwas“, sagte Selina. „Seid mal ganz still!“

Alle hielten den Atem an und lauschten. Tatsächlich, jetzt hörten es auch die anderen. Das seltsame Geräusch schien von dem Felsen neben ihnen zu kommen.

„Es klingt, als würde jemand kauen." Selina rappelte sich auf und spähte nach oben.

In diesem Moment tauchte plötzlich ein Kopf über der Spitze des Felsens auf. Er war gekrönt von einer karierten Mütze und zwei imposanten, gewundenen Hörnern. Vom Kinn hing ein langer zotteliger Bart herunter. Das Kaugeräusch verstummte und ein Paar hellblaue Augen musterten Selina.

„Oh!", entfuhr es Selina erstaunt. „Das ist ja eine Ziege!"

„Was?", blökte das Tier entrüstet. „Du nennst mich eine Ziege?"

„Ja, bist du das denn nicht?", fragte Selina.

„Natürlich ist das eine Ziege", sagte die Prinzessin und wandte sich gelangweilt ab.

„Darf ich euch davon in Kenntnis setzen, dass ich keineswegs irgendeine Ziege bin. Ich bin ein besonderer Ziegenbock!" Das Tier schnaubte vor Empörung. „Ihr habt es nämlich mit Manfredo Meckmeck zu tun. Ich bin der Lord des Berges, Wächter des Passes, Beschützer der …"

„Ja, selbstverständlich. Es tut uns sehr leid, dass wir Sie gestört haben, Herr Meckmeck“, unterbrach ihn Sebastian hastig.

„Schon gut, ihr dürft mich Manfredo nennen“, entgegnete der Ziegenbock. „Und wer seid ihr, wenn ich fragen darf? Was habt ihr auf meinem Bergpass zu suchen? Das erinnert mich hier von Tag zu Tag mehr an eine Hauptverkehrsstraße. Dabei bin ich extra hergekommen, um dem ganzen Trubel zu entfliehen. In den vergangenen Monaten habe ich hier mehr Leute gesehen als in den letzten fünf Jahren.“

„Das bedauern wir natürlich.“ Sebastian stand auf. „Ich bin Sebastian, der Lehrling von Zenobius, dem Herrn der Wünsche. Und das sind meine Freunde Selina, Zack und die … äh, also, Clarissa.“ Er zeigte auf seine Freunde und die Prinzessin.

„Ja, ja“, sagte Manfredo mürrisch. „Aber was macht ihr hier?“

„Wir suchen nach Clarissas Bruder“, antwortete Sebastian.

„Und ihr glaubt, dass ihr ihn auf diesem Berg findet?“

„Na ja, man hat uns erzählt …“, begann Sebastian, aber Zack unterbrach ihn.

„Du sagtest eben etwas von vielen Leuten, die hier durchgekommen sind. Kannst du uns mehr darüber verraten?“

„Morgens, mittags und abends laufen die hier lang. Dieses Hin und Her geht mir dermaßen auf die Nerven.“

„Aber woher kommen sie?“, fragte Selina.

„Von dort oben.“ Manfredo zeigte mit seinem spitzen Kinn den Berg hinauf.

„Was haben denn all diese Menschen dort zu suchen?“ Sebastian machte ein ungläubiges Gesicht.

„Das wollt ihr gar nicht wissen“, antwortete Manfredo düster. „Glaubt mir!“

„Doch!“, rief Selina.

„Aber sagt nachher nicht, ich hätte euch nicht gewarnt.“ Manfredo schüttelte den Kopf, sodass sein langer Ziegenbart heftig wackelte. „Auf dem Berg leben komische Leute. Sie gehören zu einer Art Sekte und nennen sich *Kinder der Sonne*. Bei Sonnenaufgang stimmen sie merkwürdige Gesänge an. Jeden Tag gehen einige von ihnen ins Tal und auf dem Rückweg haben sie meistens junge Menschen dabei.“

„Haben diese *Kinder der Sonne* eigentlich schon immer hier oben auf dem Berg gewohnt?“, fragte Sebastian.

„Soweit ich weiß, ja“, antwortete Manfredo. „Und sie sind auch schon immer losgezogen, um neue Mitglieder für ihre Sekte anzuwerben. Doch in letzter Zeit hat sich etwas verändert“, fuhr er bedrückt fort. „Und zwar zum Schlechteren, wenn ihr mich fragt.“

„Was willst du uns damit sagen, Manfredo?“, presste Selina atemlos hervor.

„Ich habe von einer Lerche das Gerücht gehört, dass die Anführerin dieser Sekte plötzlich aufgetaucht ist. Und es klang so, als hätte die Gute da oben alles durcheinandergewirbelt“, erwiderte Manfredo.

„Inwiefern?“, fragte Sebastian und beugte sich gespannt vor.

„Na ja, erst mal hat sie die Anwerbung von neuen Mitgliedern mächtig angekurbelt“, murmelte Manfredo. „Wie ich schon sagte, die traben hier täglich durch. Und es ist noch etwas passiert: Seit diese Anführerin auf der Bildfläche erschienen ist, wurde das Wasser des Flusses sehr schlecht. Ich möchte mir nicht mal mehr die Hufe darin waschen! Die Lerchen sind nicht besonders glücklich darüber, das kann ich euch sagen. Ich muss mich seit Neuestem auch darauf beschränken, den Tau von den Farnen abzulecken, um nicht zu verdursten."

„Das ist jetzt vorbei, Manfredo. Du kannst das Wasser aus dem Bergfluss ruhig trinken. Es ist wieder sauber!", meldete sich Zack zu Wort. „Aber hast du irgendeine Idee, warum das Wasser so dreckig war, alter Knabe?"

„Es heißt, dass die Anführerin der Sekte es mit ihren Zaubertränken vergiftet hat", antwortete Manfredo. „Die Leute auf dem Berg haben ihren eigenen Brunnen, denen kann das schließlich egal sein. Aber sagt, woher wisst ihr, dass das Wasser wieder genießbar ist?"

„Sebastian hat vorhin einen Zauberspruch aufgesagt und damit das Wasser des Flusses frisch und klar gemacht."

„Hä?" Manfredo starrte Sebastian an, als sähe er ihn zum ersten Mal. „Wirklich?"

„Ja, ja!“, antwortete stattdessen die Prinzessin ungeduldig. „Doch ich möchte jetzt wissen, was mit den Leuten geschieht, die zum Sonnenberg gebracht werden. Werden sie auch zu Anhängern dieser Sekte?“

„Es geht das Gerücht um, dass sie für die Anführerin einen Tempel bauen müssen, der zur aufgehenden Sonne zeigt“, antwortete der Ziegenbock. „Aber ob das wirklich stimmt, weiß ich nicht. Niemand hat diese Leute je wiedergesehen“, fügte er flüsternd hinzu.

Ein eiskalter Schauer lief über Selinas Rücken. „Das haben Bella und die Taube Sid auch gesagt. Ich bekomme eine Gänsehaut, wenn ich nur daran denke.“

„Was sind das eigentlich für Vögel, alter Junge?“, wollte Zack wissen und deutete mit dem Schnabel zur Bergspitze.

„Das sind keine Vögel, sondern Tausende von Fledermäusen“, erwiderte Manfredo. „Diese verdammten kleinen Biester beschützen die Sonnenkönigin. So nennen sie nämlich ihre Anführerin. Sie sind sozusagen ihre persönlichen Leibwächter.“

„Ich dachte immer, Fledermäuse fliegen nur bei Nacht“, sagte Selina.

„Diese nicht“, erwiderte der Ziegenbock. „Die flattern zu jeder Zeit herum.“

„Ich mag keine Fledermäuse“, jammerte die Prinzessin. „Ich habe immer Angst, dass sie sich in meinem Haar verfangen.“

„Eigentlich sind sie richtig süß“, meinte Selina. „Ganz weich und puschelig.“

„Ich glaube, diese Exemplare wirst du nicht sehr niedlich finden“, warnte Manfredo. „Die sind nämlich nicht von der kuscheligen Sorte.“

„Wie meinst du das?“, krächzte Zack misstrauisch.

„Es sind boshafte kleine Bestien, die man Teufelsfledermäuse nennt“, erklärte Manfredo. Als er plötzlich loskicherte, schauten ihn alle erstaunt an. „Na, wollt ihr trotzdem weitergehen?“, fragte er.

„Uns bleibt nichts anderes übrig“, antwortete Sebastian für alle. „Wir haben eine Aufgabe zu erfüllen.“

„Tja, ihr müsst es ja wissen“, sagte der Ziegenbock. „Doch bevor ihr weiterzieht, ruht euch lieber eine Weile aus. Esst und trinkt etwas! An den Büschen hängen massenhaft Beeren und das Flusswasser scheint ja auch wieder sauber zu sein."

Ausgeruht und erfrischt verließen die Freunde schließlich Manfredo Meckmeck. Mit seiner eindringlichen Warnung in den Ohren stiegen sie weiter hinauf.

„Es ist so ruhig", sagte Selina. „Jetzt ist nicht mal eine von diesen Fledermäusen zu sehen."

„Das ist mir nur recht", meinte die Prinzessin. „Das, was wir über sie gehört haben, behagt mir überhaupt nicht."

„Mir gefällt das alles nicht", krächzte Zack. „An dieser Gemeinschaft ist was faul!"

„Mich erinnert das Ganze an etwas", sagte Selina langsam.

„Und woran?" Sebastian warf ihr einen interessierten Blick zu.

„Ich bin mir nicht sicher." Selina wiegte den Kopf hin und her. „Es kommt mir vor, als hätten wir etwas Ähnliches an einem anderen Ort schon einmal erlebt ..."

„Ich frage mich, wo die Sonnenkönigin diesen Tempel bauen lässt“, sagte Zack. Er blickte die steile Felswand empor, die über ihnen aufragte.

„Der Ziegenbock meinte, er würde zur aufgehenden Sonne zeigen“, warf die Prinzessin ein.

„Das bedeutet, dass er sich auf der anderen Seite des Berges befinden muss“, dachte Sebastian laut nach. „Zack, warum schaust du dir den Tempel nicht mal an?“

„Warum kriege immer ich diese Aufgaben?“, grummelte Zack.

„Weil du der Einzige von uns bist, der fliegen kann“, erwiderte Selina lächelnd.

„Pah!“

„Nun los, Zack. Aber sei vorsichtig!“, sagte Sebastian. „Achte besonders auf diese Teufelsfledermäuse!“

„Du glaubst doch wohl nicht, dass ich mich vor fliegenden Mäusen fürchte, oder?“, gab Zack verächtlich zurück.

„Nein, natürlich nicht“, entgegnete Selina beschwichtigend. „Aber pass trotzdem auf.“

„Wir klettern inzwischen weiter“, kommandierte Sebastian.

Zack schlug ein paarmal mit den Flügeln, hob ab und flog ins grelle Sonnenlicht.

„Ich hoffe, ihm passiert nichts“, sagte Selina besorgt.

„Was soll denn schon geschehen?“, fragte die Prinzessin achselzuckend. „Er gibt doch ständig damit an, wie clever er ist. Jetzt hat er endlich mal die Gelegenheit, sich zu beweisen.“

„Es ist nur so ein Gefühl ...“, murmelte Selina.

„Was meinst du?“ Sebastian, der ein Stück vor den Mädchen ging, drehte sich um.

„Ich weiß nicht genau“, erwiderte Selina. „Irgendetwas stimmt nicht. Zenobius hat gesagt, dass diese Aufgabe ein Kinderspiel ist, aber ich spüre, dass wir uns in große Gefahr begeben.“

Das Geheimnis

Als Selina, Sebastian und Clarissa die Felswand hinaufkletterten, schürften sie sich die Hände und Knie auf. Scharfe Dornen zerrten an ihrer Kleidung und die Sonne brannte unbarmherzig auf sie herab.

„Ich will nach Hause“, jammerte Prinzessin Clarissa.

„Das wollen wir alle“, fuhr Selina sie an. „Und wenn dein Bruder sich nicht mit dieser komischen Bande abgesetzt hätte, wären wir da jetzt auch.“

Damit brachte sie die Prinzessin zum Schweigen. Es war aber immer noch deutlich zu merken, wie schwer ihr der Aufstieg fiel. Mit der

Zeit fragten sich auch die anderen beiden, wie weit sie es wohl noch schaffen würden.

Plötzlich hörten die drei lautes Flügelschlagen über ihren Köpfen.

„Zack!", rief Selina erfreut. Sie schirmte ihre Augen mit der Hand ab und sah zum Himmel hinauf.

„Na, dann hoffen wir mal, dass dieser Rabe etwas herausgefunden hat", sagte die Prinzessin mürrisch.

„Das ist nicht Zack!", rief Sebastian erschrocken. Er packte die Mädchen an den Händen und zerrte sie in die Stechginsterbüsche, die im unteren Teil des Berges wuchsen. „Das sind die Fledermäuse!"

Sebastian hatte Recht. Wie eine dunkle Wolke schwebten Tausende von ihnen heran. Sie hatten spitz zulaufende Flügel, hässliche, zerknautschte Gesichter und gefährlich aussehende Zähne.

Sie sausten im Sturzflug herab und stießen dabei schrille Schreie aus. Nun flogen sie direkt an der Stelle vorbei, wo die Gefährten im Gebüsch kauerten und sich voller Entsetzen aneinanderklammerten.

Selina befürchtete, dass sie jeden Moment entdeckt und angegriffen werden würden. Doch zu ihrer Überraschung schienen die Fledermäuse sie nicht zu bemerken. Sie sausten an ihnen vorbei und verschwanden dann auf der anderen Seite des Berges.

„Sie sind weg!“, rief Sebastian nach einer Weile erleichtert. „Ich dachte schon, wir wären in echten Schwierigkeiten. Hoffentlich ist Zack ihnen nicht in die Quere gekommen.“

„Sebastian, sieh dir das mal an!“ Die Prinzessin, die der steilen Bergwand am nächsten war, fasste ihn plötzlich am Arm.

„Was ist denn?“ Sebastian spähte durch das dichte Blattwerk in die Richtung, in die auch die Prinzessin schaute.

„Da ist eine Öffnung“, rief sie aufgeregt. „Es sieht aus wie ein Eingang. Glaubst du, es könnte eine Höhle sein?“

„Es gibt nur eine Möglichkeit, das herauszufinden. Kommt mit“, sagte Sebastian. Er bückte sich und führte die beiden Mädchen durch den schmalen Spalt ins Innere des Berges.

„Aber was ist mit Zack? Er weiß doch gar

nicht, wo wir hingehen!“, stellte Selina besorgt fest.

„Der wird uns ganz sicher finden“, erwiderte Sebastian.

„Wenn es eine Höhle ist, ist sie jedenfalls ganz schön tief“, sagte Selina mit piepsiger Stimme. „Es kommt mir eher vor wie ein Gang, der direkt in den Berg führt.“

„Ich glaube, du hast Recht.“ Sebastian war sichtlich angespannt. „Mir fällt da noch etwas ein“, fuhr er fort. „Wenn der Sonnenberg tatsächlich ein erloschener Vulkan ist, dann ist er wahrscheinlich innen hohl.“

„Und er könnte jeden Moment ausbrechen“, sagte Selina nervös.

Die Prinzessin seufzte genervt. „Natürlich nicht! Sonst wäre er ja nicht erloschen, du Dummchen. Du weißt aber auch überhaupt nichts!“

Selina verkniff sich eine scharfe Bemerkung. Hilfe suchend sah sie zu Sebastian, aber der schien gar nicht zugehört zu haben. Er ging ein Stück vor den Mädchen und blieb plötzlich wie angewurzelt stehen.

„Das gibt's ja nicht!“ Sebastian schnappte nach Luft. „Seht euch das mal an!“

Selina und Clarissa gingen zu ihm und schauten sich erstaunt um. Der felsige Pfad hatte sie zu einer gigantischen Höhle geführt. Die drei befanden sich nun auf einem schmalen Sims. Vor ihnen klaffte ein riesiges Loch. Der steinerne Vorsprung, auf dem sie standen, verlief rund um den Krater. Er sah aus wie ein langer, kreisförmiger Balkon.

„Ich hatte Recht“, sagte Sebastian leise. „Der Berg ist hohl. Das muss der Krater sein, der sich gebildet hat, als der Vulkan noch aktiv war.“ Er beugte sich vor, um einen Blick über die Kante des Vorsprungs zu werfen. Für einen schrecklichen Moment sah es so aus, als würde er in die Tiefe stürzen.

„Sei vorsichtig!“, rief Selina. Sie packte seinen Umhang und zog ihn daran zurück.

Aber Sebastian war fest entschlossen hinunterzuschauen. „Da unten müssen sich die Überreste des Vulkans befinden“, sagte er. Seine Stimme hallte unheimlich durch das riesige Gewölbe.

Selina und die Prinzessin lugten nun auch vorsichtig über die Kante. Alles, was sie sahen, war eine dunkle gähnende Kluft. Sie schien unendlich tief zu sein.

„Es kommt jemand herauf!“ Diesmal war es die Prinzessin, die Alarm schlug.

„Sind es etwa wieder diese Fledermäuse?“ Nervös spähte Selina über den Krater hinweg.

„Nein. Da sind Menschen!“ Die Prinzessin zeigte auf die andere Seite, wo eine Gruppe von Leuten eine steile Treppe hochkletterte. Die Stufen führten aus den Tiefen des Kraters nach oben. Die Menschen trugen helle Umhänge mit großen Kapuzen, die ihre Gesichter teilweise verbargen. Während des Aufstiegs sangen sie leise ein Lied.

„Wer sind die denn?“, flüsterte Selina.

„Ich vermute, dass sie zu den *Kindern der Sonne* gehören“, murmelte Sebastian. „Aber egal, wer sie sind: Sie dürfen uns auf keinen Fall entdecken.“

„Sie kommen genau auf uns zu“, zischte die Prinzessin. Die erste der Gestalten hatte bereits das Ende der Treppe erreicht und marschierte auf dem Sims in ihre Richtung.

„Wir müssen uns verstecken“, wisperte Sebastian und sah sich panisch um.

„Dort hinten waren Felsbrocken“, flüsterte Selina.

Die Steine befanden sich kurz hinter dem Eingang zu dem schmalen Gang, durch den die drei gekommen waren.

„Macht schnell!“, sagte Sebastian. „Wenn sie uns entdecken, sind wir in höchster Gefahr.“

„Du hast doch immer noch einen Zauberspruch“, wisperte die Prinzessin mit bebender Stimme.

Vor Furcht zitternd kauerten sie hinter den Felsen, während die singenden Gestalten langsam näher kamen.

„Ich will keine Magie benutzen, bevor es nicht unbedingt nötig ist“, sagte Sebastian leise. „Es könnte nämlich gut sein, dass wir den Zauberspruch brauchen, um hier wieder rauszu…“ Er verstummte, als der erste Kapuzenträger den Eingang erreichte.

Selinas hatte das Gefühl, dass ihr Herz im Rhythmus des merkwürdigen Gesangs schlug. Sie hoffte, dass es die unheimlichen Gestalten nicht hören würden. Vor lauter Angst kniff sie die Augen ganz fest zu.

Erst als Sebastian einen erleichterten Seufzer ausstieß, machte Selina sie wieder auf.

„Sie gehen weiter“, flüsterte er. „Einen Moment lang dachte ich, sie würden durch den Gang laufen.“

Ein Kapuzenträger nach dem anderen schritt am Eingang vorbei. Als alle verschwunden waren, schlich Sebastian äußerst vorsichtig aus dem Versteck.

„Puh“, schnaufte Selina. Sie merkte plötzlich, dass die Prinzessin und sie sich in ihrer Angst an den Händen gehalten hatten. „Es ist alles in Ordnung. Sie sind weg“, murmelte sie. Beschämt ließ Selina Clarissas Hand los.

„Ich wüsste nur gerne, für wie lange“, sagte die Prinzessin.

In diesem Moment kam Sebastian zu den beiden Mädchen zurück. „Sie gehen auf der linken Seite um den Krater herum“, sagte er leise. „Los, seht euch das an!“

Sie folgten ihm vorsichtig und betrachteten die Gestalten in ihren hellen Roben. Diese marschierten hintereinander über den schmalen Sims.

„Jetzt gehen sie eine Treppe hoch“, flüsterte Selina. Und obwohl die drei Freunde sie genau beobachteten, waren die Sektenmitglieder auf einmal verschwunden.

„Oh!“, entfuhr es Selina. „Sie sind weg. Einfach so!“

„Es muss da einen weiteren Durchgang geben, den wir von hier aus nicht sehen können. Wir sollten ihnen folgen“, sagte Sebastian.

„Müssen wir das?“, fragte die Prinzessin. Sie schüttelte sich.

„Nein, ihr beiden könnt hierbleiben, wenn ihr euch zu sehr fürchtet“, erwiderte Sebastian.

„Natürlich nicht“, sagte Selina hastig. „Ich komme mit dir.“ Und an die Prinzessin gewandt fügte sie hinzu: „Ich dachte, du wolltest Frederik finden. Wenn du hier sitzen bleibst, wird das nichts.“

„Na gut.“ Clarissa verzog das Gesicht. „Dann muss ich wohl mit euch kommen.“

Gemeinsam schlichen sie über den Sims. Währenddessen lauschten sie auf jedes Geräusch – ob von Fledermäusen oder Menschen. Doch sie erreichten die gegenüberliegende Seite des Kraters ohne weitere Zwischenfälle.

„Ich bin sicher, dass sie an dieser Stelle verschwunden sind“, sagte Sebastian. Er fuhr mit der Hand über die raue Oberfläche der Felswand.

„Meinst Du? Aber wo ist hier der Durchgang?“, fragte Selina verwirrt.

„Das ist wirklich komisch. Sie können sich schließlich nicht einfach in Luft aufgelöst haben“, murmelte Sebastian.

Kurz darauf blieb Sebastian stehen und grinste zufrieden. „Hier ist er. Genau, wie ich es mir gedacht hatte. Die Öffnung ist ziemlich schmal, aber dahinter scheint ein Gang zu sein. Könnt ihr ihn sehen?“

„Ja! Was glaubst du, wo er hinführt?“, fragte die Prinzessin. Ihre Augen waren vor Furcht weit aufgerissen.

„Keine Ahnung“, antwortete Sebastian achselzuckend. „Ich fürchte, es gibt nur eine Möglichkeit, das herauszufinden: Wir gehen ihnen hinterher. Kommt mit mir.“ Er atmete tief durch und schlüpfte dann in eine kaum sichtbare Öffnung im Felsen.

Zögernd folgten die Mädchen Sebastian. Dieser Gang war sehr viel dunkler und schmaler als der andere. Ausgetretene Stufen führten steil nach oben. Allmählich wurde es immer heller. Als sie um eine weitere Ecke bogen, standen sie im gleißenden Sonnenlicht.

„Wir sind durch den gesamten Berg gegangen." Selina schnappte erstaunt nach Luft. „Jetzt müssen wir auf der anderen Seite sein."

Die drei blinzelten, weil sie von der Sonne geblendet wurden. Clarissa war die Erste, die wieder alles erkennen konnte. Als sie nach unten blickte, stieß sie einen Entsetzensschrei aus.

„Was hast du?", fragte Selina erschrocken und schaute ebenfalls hinunter.

Auf diesen Anblick war keiner von ihnen vorbereitet. Sie standen auf einem sehr schmalen Vorsprung. Direkt zu ihren Füßen fiel die Felswand steil ab. Selina drehte sich der Magen um.

„Seht doch!", rief Sebastian und deutete auf eine Treppe, die mit dem Vorsprung verbunden war.

Die Gefährten kletterten die Stufen hinauf. So gelangten sie zum Gipfel des Berges. Etwa hundert Meter entfernt von ihnen stand das schönste Gebäude, das Selina jemals gesehen hatte.

Es war der Sonne zugewandt und bestand aus großen Steinblöcken. Die Steine glänzten, als wären sie aus purem Gold. Die drei waren von dem prachtvollen Gebäude überwältigt, das offensichtlich noch nicht ganz fertiggestellt war.

„So etwas habe ich noch nie gesehen“, hauchte Sebastian.

„Was meinst du, wem es gehört?“, fragte Selina leise.

„Das muss der Tempel der Sonnenkönigin sein, von dem uns Manfredo Meckmeck erzählt hat“, antwortete er.

„Schaut euch doch mal die Leute an!“, sagte die Prinzessin plötzlich.

Auf der Felsebene vor dem Gebäude waren viele Menschen versammelt. Einige von ihnen trugen Kapuzenumhänge. Es waren aber auch Jungen und Männer darunter, die lediglich Lendenschurze oder zerrissene Hosen anhatten. Ihre Köpfe waren der Sonnenhitze ungeschützt ausgesetzt. Noch schlimmer war die Tatsache, dass die Knöchel dieser armen Kerle mit dicken Metallketten aneinandergefesselt waren, während sie große Steinblöcke aus dem Felsen schlugen.

„Oh, diese armen, armen Jungen!“, rief Selina mitleidig aus.

Mit einem Mal ergriff die Prinzessin Selinas Hand. Selina sah sie verblüfft an. Clarissas Augen waren vor Schreck weit aufgerissen.

„Was ist denn?“

„Da!“ Die Prinzessin streckte den Zeigefinger aus. „Da ist Frederik! Er ist einer von ihnen!“

Selina schaute zu den Umhangträgern. Einige standen in Grüppchen zusammen, andere verneigten sich ehrfürchtig vor der Sonne. „Woher weißt du das?“, fragte sie. „Ich finde, in diesen Roben sehen sie alle gleich aus.“

„Nein, nein!“, rief die Prinzessin. Sie war jetzt völlig außer sich. „Frederik gehört doch nicht zu denen. Das ist er …“ Sie zeigte auf einen der Jungen in Ketten. Sein Oberkörper und seine Füße waren nackt.

„Das … das kann nicht sein“, stammelte Selina geschockt. „Clarissa, auf seiner Postkarte stand doch, dass er glücklich ist. Aber hier ist es furchtbar!“

„Die Karte hat er in Zenedig losgeschickt“, wimmerte die Prinzessin. „Also *bevor* er hierher zum Sonnenberg kam. Oh, Sebastian!“ Sie drehte sich flehend zu ihm um. „Sieh ihn dir doch an! Der arme Frederik. Du musst ihn retten! Tu doch irgendwas!“

Sebastian rührte sich nicht. Gebannt starrte er eine Frau an, die gerade auf einem Balkon des Tempels erschienen war.

„Das muss sie sein!“, stieß er hervor. „Die Sonnenkönigin!“

Die Sonnenkönigin

Die Königin trug ein goldenes Gewand, das bei jeder Bewegung im Licht glänzte. Auf ihrem Kopf thronte ein großes glitzerndes Diadem. Die Frau streckte ihr Gesicht der Sonne entgegen. Sie breitete die Arme weit aus, als wollte sie die Wärme in sich aufnehmen.

Sebastian und Selina erkannten, wer sich hinter der majestätischen Kleidung verbarg, und erstarrten vor Schreck.

„*Sie* ist es!“, flüsterte Sebastian.

„Das ist unmöglich“, erwiderte Selina mit zitternder Stimme. „Sie ist doch verschwunden.“

„Das *dachten* wir nur“, murmelte Sebastian. „Aber sie hatte damals geschworen zurückzukehren.“

„Wie hat sie das bloß geschafft?“, fragte Selina fassungslos. „Nachdem ihr Eispalast geschmolzen ist, hatte sie doch alles verloren …“

„Sie ist rücksichtslos und böse. Außerdem besitzt sie immer noch ihre Zauberkräfte, auch wenn die nicht besonders stark sind“, entgegnete Sebastian.

„Würdet ihr mir vielleicht mal verraten, worum es geht?“, zischte die Prinzessin. Selina und Sebastian drehten sich um. Sie hatten völlig vergessen, dass Clarissa auch noch da war.

„Woher kennt ihr die Sonnenkönigin?“, fragte die Prinzessin neugierig.

„Ob Ihr es glaubt oder nicht“, sagte Sebastian leise, „diese Frau war die Eiskönigin.“

Während Selina beim Klang des verhassten Namens der Atem stockte, runzelte die Prinzessin die Stirn. „Wie kann das sein?“, fragte sie die anderen beiden. „Ich habe gehört, dass sie geflohen ist, nachdem ihre Armee und der Eispalast geschmolzen waren.“

„So war es auch“, erwiderte Sebastian. „Anscheinend hat sie es irgendwie geschafft, wieder zu Macht zu kommen.“

„Ich habe euch doch gesagt, dass mich das Ganze an etwas erinnert“, murmelte Selina. „Damals hat sie Einhörner und Menschen gefangen gehalten und für sich schuften lassen.“ Sie fröstelte. „Dabei haben ihr die Eissoldaten geholfen und nun sind es …“

„… diese seltsamen Sonnenanbeter“, beendete Sebastian ihren Satz. „Ich frage mich, wie sie die Leute dazu gebracht hat, nach ihrer Pfeife zu tanzen.“

„Wahrscheinlich mit Gewalt“, vermutete die Prinzessin.

„Das glaube ich nicht“, widersprach Sebastian. „Nur die anderen sind in Ketten gelegt, die *Kinder der Sonne* nicht.“

„Viel wichtiger ist jetzt die Frage, wie wir meinen Bruder retten können!“, warf die Prinzessin ein.

„Ihr habt Recht! Ich habe nur noch keinen Plan“, entgegnete Sebastian.

Auf einmal stürzte ein dunkler Schatten auf die drei herab und die Prinzessin fuhr vor Schreck zusammen.

„Alles in Ordnung!“, sagte Sebastian beruhigend. „Es ist nur Zack.“

„Oh, Zack!“, rief Selina. Der Rabe landete neben ihnen auf dem Steinvorsprung. „Zum Glück bist du heil zurück! Ich hatte solche Angst um dich."

„Wie nett, dass überhaupt noch jemand an mich denkt", erwiderte Zack.

„Ich weiß, dass du auf dich selbst aufpassen kannst, wenn du dich mal wieder irgendwo rumtreibst", sagte Sebastian schnippisch.

„Rumtreiben? Ich?", krächzte Zack empört. „Nur zu deiner Information: Ich habe *gearbeitet*. Während ihr euch hier oben sonnen konntet, habe ich das gesamte Gelände gecheckt."

„Ach wirklich?", entgegnete Sebastian kühl. „Dann verrat uns doch mal, was du herausgefunden hast."

„Tja ..." Zack genoss es sichtlich, im Mittelpunkt zu stehen. „Zuerst einmal kann ich euch sagen, dass der Berg hohl ist."

„Das wissen wir bereits", sagte Selina und lachte. „Auf diesem Weg sind wir nämlich hierhergekommen."

„Oh." Zack sah ein wenig ernüchtert aus. Dann fing er sich wieder und fuhr mit seinem Bericht fort. „Da ist noch etwas und *das* werdet ihr mir garantiert nicht abkaufen."

„Das wollen wir erst mal sehen." Sebastian lächelte Selina unauffällig zu.

„Ihr kommt nie darauf, wer hinter dieser ganzen Sache steckt." Zack verschränkte seine Flügel vor der Brust. Er war offensichtlich sehr stolz auf sich.

„Meinst du?" Sebastian grinste.

„Darauf kommt ihr in einer Million Jahren nicht", sagte Zack.

„Sebastian meint, es wäre die Eiskönigin", fuhr die Prinzessin ungeduldig dazwischen.

„Äh? Was?", stammelte Zack. „Woher wisst ihr das denn?"

„Wir haben sie erkannt", erklärte Selina dem Raben.

Zack bekam ganz große Augen. „Ihr habt sie *gesehen*?"

„Ja", bestätigte Sebastian. „Schau doch nur, da ist sie."

Zack sah zum Tempel. Die Sonnenkönigin stand immer noch auf dem großen Balkon. „Ach du dickes Ei!", krächzte er.

„Hier läuft es so ähnlich ab wie damals im Eispalast, bevor wir Pamina aus den Fängen der bösen Königin befreit haben“, erklärte Selina dem Raben.

„Na, das ist ja echt reizend von euch!“ Zack schüttelte empört den Kopf. „Ihr schickt mich los, um mein Leben zu riskieren. Doch nun habt ihr alles schon selbst herausgefunden“, krächzte der Rabe wütend.

„Nein, nein, Zack“, sagte Sebastian hastig. „Wir wissen ganz bestimmt noch nicht alles. Und wer die Sonnenkönigin ist, haben wir erst kurz vor deiner Rückkehr entdeckt. Aber du hast ganz sicher noch mehr in Erfahrung gebracht, oder?“

„Könnte sein.“ Zack drehte ihnen den Rücken zu.

Selina krabbelte auf dem schmalen Sims vorsichtig zu ihm hin und strich ihm sanft über die gesträubten Federn. „Bitte, erzähl's uns“, bettelte sie.

„Was?“, fragte Zack.

„Jetzt reicht's aber!“, rief die Prinzessin. „Verdammt noch mal! Hört sofort mit diesem Quatsch auf! Mein Bruder schuftet wie ein Sklave! Wir müssen endlich herausfinden, wie wir ihn von dem schrecklichen Ort wegbringen können."

„Zack?", sagte Sebastian streng.

„Na gut, wenn's unbedingt sein muss", meckerte Zack. „Ich habe mit den Lerchen gesprochen. Sie haben dort oben am Berg ihr Nest und scheinen über alles bestens Bescheid zu wissen."

„Das ist bei Vögeln immer so", sagte Sebastian. Als Zack ihn beleidigt anblickte, fügte er hastig hinzu: „Was würden wir bloß ohne euch tun? Haben sie dir auch erzählt, was die hier macht?" Er zeigte zur Frau auf dem Balkon des Tempels. Gemeinsam mit den Kapuzengestalten begann diese gerade, sich zu verneigen und die Sonne anzubeten.

„Die Lerchen haben mir erzählt, dass sie hier eines Tages mit ihren Teufelsfledermäusen aufgekreuzt ist. Sie hat den *Kindern der Sonne* verkündet, dass sie ihre Königin sei und dass sie ihr gehorchen müssten."

„Und das haben sie ihr abgenommen?", fragte die Prinzessin ungläubig.

„Sieht so aus", antwortete der Rabe. „Vergesst nicht, dass sie immer noch über magische Kräfte verfügt. In einer Höhle auf der anderen Seite des Berges hat sie an ihren Zaubertränken gearbeitet. Die, die nicht funktioniert haben, hat sie einfach in den Fluss gekippt …“

„… und so das Wasser vergiftet“, beendete Sebastian Zacks Satz.

„Genau“, bestätigte Zack. „Und dann hat sie diesen *Kindern der Sonne* weisgemacht, es sei ihre heilige Pflicht, einen Tempel für den Sonnengott zu bauen. Dafür mussten sie natürlich jede Menge Helfer anwerben.“

„Wenn der Tempel fertig ist, sollen die bestimmt hierbleiben und ihr weiterhin dienen“, sagte Sebastian. „Die Frage ist nur, ob sie die Plackerei bei dieser Hitze überleben.“

„Genauso schlimm erging es damals den Gefangenen im Eispalast“, warf Selina ein. „Allerdings war es dort nicht heiß, sondern sehr, sehr kalt.“

„Und nun ist Frederik einer ihrer Sklaven“, rief die Prinzessin.

„Tja, das hatte mir die Lerche auch schon gezwitschert“, bemerkte Zack.

„Hast du vielleicht eine Idee, wie wir die Gefangenen befreien können?“, wandte Sebastian sich an den Raben.

„Klar“, sagte Zack wichtigtuerisch. „Ich habe zufällig etwas erfahren, das ganz nützlich sein könnte.“

„Und das wäre?“ Selina zwirbelte vor Aufregung an einer Haarsträhne.

„Sämtliche Ketten, mit denen die Gefangenen gefesselt sind, können mit einem einzigen Schlüssel geöffnet werden“, krächzte Zack leise.

Die anderen mussten sich vorbeugen, um ihn zu verstehen.

„Und dieser Schlüssel“, fuhr er fort, „hängt an einem Ring, der am Gürtel dieses fetten kleinen Typen da drüben befestigt ist.“

Mit einem Flügel zeigte Zack auf eine Kapuzengestalt, die ein wenig entfernt von den anderen auf dem Boden saß.

„Wenn die Sonnenanbeter und ihre Königin mit dem ganzen Gesinge fertig sind, ziehen sie sich ins Innere des Tempels zurück. Das tun sie wohl jeden Tag“, erklärte Zack. „Aber unser Dickerchen bleibt auf seinem Posten. Wie die Lerche mir berichtet hat, entspannt er sich ein wenig, wenn seine Freunde verschwunden sind. Meistens nickt er dabei in der Sonne ein."

„Und worauf willst du hinaus, Zack?", fragte Sebastian.

„Was ich damit meine, ist Folgendes, Kumpel", krächzte Zack. „Wenn der Kerl schläft, könnte ich mir den Schlüssel schnappen." Er sah sich um. „Wo ist eigentlich der Kronprinz?", fragte er dann.

„Dort drüben." Die Prinzessin deutete auf ihren Bruder. „Der Junge am Ende der Reihe."

„Echt?", krächzte Zack. „Der ist ja gar nicht wiederzuerkennen. Richtig dünn ist er geworden. Wenn ich ihm den Schlüssel gebe, kann er die anderen hoffentlich auch befreien."

„Und was dann?", wollte die Prinzessin wissen. „Wir müssen ja auch wieder von hier wegkommen. Und ich kann mir nicht vorstellen, dass die Sonnenkönigin und ihre Leute nichts von unserer Rettungsaktion mitkriegen. Sie werden uns nicht einfach so rausmarschieren lassen. Vergesst auch nicht ihre Zauberkräfte und diese widerlichen Fledermäuse ..."

„An eins hast du nicht gedacht", sagte Selina.

„Ach ja?“, fragte Clarissa.

„Sebastian besitzt ebenfalls magische Kräfte und die sind sehr viel stärker als die der Sonnenkönigin.“

„Du meinst, er könnte den zweiten Zauberspruch einsetzen, um Frederik zu retten?“, fragte die Prinzessin langsam.

„Bingo!“, rief Zack. Er gluckste. „Ihr habt es erfasst, Königliche Hoheit!“

Unbemerkt von den *Kindern der Sonne* warteten die Gefährten auf einen geeigneten Moment, um den Schlüssel zu klauen. Die Zeit bis dahin kam ihnen wie eine Ewigkeit vor.
Sie beobachteten, wie die Sonnenkönigin gefolgt von ihren Anhängern in ihren prachtvollen Tempel zurückkehrte. Nur der kleine Dicke blieb zurück. Er ließ sich in der Nähe der Gefangenen nieder, während diese unter den heißen Strahlen der Nachmittagssonne ihrer mühsamen Arbeit nachgingen.

Schließlich sackte dem kleinen Mann der Kopf auf die Brust. Er schlief ein, genau wie die Lerche es vorhergesehen hatte.

„Sehr gut“, sagte Sebastian. „Ich denke, ich werde jetzt schon den zweiten Zauberspruch aufsagen. Bist du bereit, Selina? Ich verlasse mich auf dich. Im Moment erinnere ich mich ehrlich gesagt an kein einziges Wort.“

„Kein Problem“, sagte Selina beruhigend. „Ich fange an und du steigst einfach mit ein.“

Sebastian hob die Hand, sodass sich die Sonnenstrahlen im Stein des Rings fingen. Zaghaft begannen Selina und Sebastian die Worte des zweiten Spruchs aufzusagen. Zack und die Prinzessin sahen ihnen gespannt zu.

„Zimelda von Zimpano,
Topas, mächtig wie das Feuer.
Zalusa, Zalampano,
leuchte und der Sieg sei Euer!“

Plötzlich wurde die südliche Seite des Berges in goldenes Licht getaucht. Dann sagte Sebastian mit fester Stimme, aber nicht so laut, dass es jemand außer ihnen hören konnte: „Durch die Kraft dieses Edelsteins soll der Vulkan in einer Stunde wieder zum Leben erwachen.“

Die Prinzessin schnappte nach Luft, Zack gab ein Krächzen von sich und Selina schlug erschrocken die Hand vor den Mund. Die Felswand erstrahlte in einem solchen Glanz, dass selbst die Gefangenen ihre Arbeit unterbrachen. Erstaunt blickten sie sich alle um, bis das goldene Licht schließlich verblasste und alles wieder aussah wie vorher.

„Was tust du denn da, Sebastian?“, keifte die Prinzessin.

„Ich habe den Sonnenberg wieder in einen Vulkan verwandelt“, antwortete er ruhig.

„Spinnst du?“, zischte sie. „Wie sollen wir denn von hier wegkommen?“

„Vertrau ihm“, sagte Selina.

„Genau“, krächzte Zack. Dann legte er den Kopf schief, sah Sebastian an und fragte: „Andererseits würde es mich auch interessieren, wie du uns rechtzeitig hinunterbringen willst.“

„Hört zu, das ist mein Plan“, sagte Sebastian. Alle rückten näher an ihn heran. „Zack, du fliegst zum Prinzen. Dann erzählst du Frederik, dass wir hier sind und was wir vorhaben. Danach besorgst du den Schlüssel und bringst ihn zum Kronprinzen. Er wird die anderen Gefangenen befreien. Frederik muss sie warnen, dass sie nur eine Stunde Zeit haben, um zu fliehen. Anschließend soll er zu uns kommen. Während des allgemeinen Aufruhrs flüchten wir durch den Krater und von dort aus weiter über die Rückseite des Berges."

„Seht ihr! Ist doch gar nichts dabei", sagte Zack. Lässig zuckte er mit den Flügeln. Selina und die Prinzessin hingegen starrten Sebastian mit großen Augen an.

„Das ist doch unsere leichteste Übung", ergänzte Zack. In Wirklichkeit war der Rabe alles andere als sicher, ob der Plan seines Freundes funktionieren würde.

Flucht vom Sonnenberg

Selina, Sebastian und Clarissa sahen unruhig zu, wie Zack in die Nähe des goldenen Tempels flog. Nach kurzer Zeit landete er neben Frederik. Der Prinz blickte überrascht auf. Offenbar hatte er Zack erkannt.

Nachdem der Rabe ihm anscheinend alles erklärt hatte, schaute der Kronprinz freudig zu seinen Helfern.

Die Prinzessin winkte ihm zu. Im nächsten Moment breitete Zack die Flügel aus und flog zu dem kleinen, dicken Mann. Der schlief immer noch tief und fest.

„Hoffentlich schafft es Zack, sich den Schlüssel zu holen", flüsterte Selina.

„Das wird er", sagte Sebastian zuversichtlich. „Zack ist ein Meister im Stehlen."

„Dieser Rabe ist nützlicher, als ich gedacht habe“, gab die Prinzessin widerstrebend zu.

„Er hat ihn!“, jubelte Selina. Mit dem Schlüssel im Schnabel sauste Zack schnurstracks zu Frederik zurück.

Danach war es für Frederik eine Leichtigkeit, die Ketten zu öffnen. In Sekundenschnelle stoben die Gefangenen auseinander und begannen zu fliehen. Der kleine, dicke Mann wachte erschrocken auf. Frederik stürmte mit Zack zu seinen Helfern.

„Clarissa!“, rief Frederik.

Die Prinzessin nahm ihren Bruder wortlos in den Arm und drückte ihn ganz fest an sich. Frederik sah dünn und erschöpft aus. Sein Haar war ungekämmt, die Hosen hingen ihm in Fetzen von den Beinen und seine nackten Füße waren voller blauer Flecke und bluteten.

„Wir sollten uns beeilen!“, rief Sebastian. „Kommt!“

Zusammen stiegen sie den engen Gang hinab. Schnell hatten sie den riesigen Krater erreicht.

„Wir müssen auf die andere Seite“, erklärte Sebastian. „Dort können wir durch den zweiten

Gang entkommen." Er verstummte, als plötzlich rund um den Krater ein Tumult entstand.

Die Gefährten blieben wie erstarrt stehen. Eine Gruppe Gefangener wurde von einer Horde Kapuzenträger verfolgt. Dann tauchte auf einmal die Sonnenkönigin auf. Sie sah sehr grimmig aus.

„Oh nein!", hauchte Selina und schnappte erschrocken nach Luft.

Für einen endlosen Moment stand die Sonnenkönigin einfach nur da und starrte die Gefährten an. Ihre Teufelsfledermäuse umschwirrten sie aufgeregt. Dann stieß sie einen markerschütternden Wutschrei aus, der in der Höhle widerhallte.

„Ihr da!", krakeelte sie. Ihr zitternder Zeigefinger mit dem langen, rot lackierten Nagel war anklagend auf Sebastian und Selina gerichtet. „Ihr schon wieder! Wie könnt ihr es wagen! Ihr habt schon einmal versucht, mich zu zerstören. Diesmal entkommt ihr mir nicht!"

„Höchste Zeit zu verschwinden. Meint ihr nicht auch, Leute?", krächzte Zack.

„Und ob, Zack", murmelte Sebastian.

So schnell sie konnten, rannten sie auf dem schmalen Vorsprung vor der wutschnaubenden

Sonnenkönigin davon. Als sie den zweiten Gang schon fast erreicht hatten, erschienen wie aus dem Nichts einige Kapuzenträger vor ihnen.

Da Sebastian auf einmal stehen blieb, liefen seine Freunde ungebremst in ihn hinein.

Selina keuchte. „Oh, Sebastian, was sollen wir denn jetzt tun?“

Für einen langen, furchtbaren Moment verharrten sie am Rande des Kraters. Auf der einen Seite versperrten ihnen die *Kinder der Sonne* den Fluchtweg, auf der anderen Seite näherte sich die zornige Sonnenkönigin mit ihren kreischenden Fledermäusen.

„Kannst du nicht irgendwas zaubern?“, schrie die Prinzessin Sebastian an. Die Gestalten mit den Kapuzen kamen ihnen bedrohlich nahe.

„Das habe ich doch schon getan“, erwiderte Sebastian ruhig.

In diesem Moment, als alles verloren schien, ertönte plötzlich ein Geräusch. Es war ein ohrenbetäubendes Grollen, das aus den Tiefen des Berges heraufdrang. Sebastian warf den Umhang über die Schulter und wandte sich an die Sektenmitglieder. „*Kinder der Sonne*“, rief er mit lauter, klarer Stimme. Seine Worte hallten in der riesigen Höhle wider. „Hört mir zu!“

Selina hielt vor lauter Aufregung den Atem an. Sie sah, wie die Gestalten zunächst zögerten und dann Hilfe suchend zu ihrer Königin blickten. Sie schienen nicht zu wissen, was sie tun sollten.

„Ihr glaubt, dass diese Frau eine Königin ist“, fuhr Sebastian fort. „Doch da irrt ihr euch. Sie ist eine Betrügerin, die euch bloß ausnutzt. Sie wird euch alle zugrunde richten. Das müsst ihr mir glauben!“

„Hört nicht auf ihn!“, zeterte die Frau auf der anderen Seite des Kraters. „Ergreift sie! Lasst sie nicht entkommen!“

Die *Kinder der Sonne* waren von Sebastians Worten verwirrt und blieben wie angewurzelt stehen. Die Teufelsfledermäuse hingegen flogen auf Kommando ihrer Herrin mit lautem Kreischen auf die Gefährten zu.

„Oh nein!“, schrie die Prinzessin und schlug die Hände vors Gesicht. „Ich hasse Fledermäuse. Ich hasse sie! Halte sie auf, Sebastian! Tu doch was, Frederik!“

Auf einmal ertönte wieder das seltsame Geräusch, nur dass es diesmal viel, viel lauter war. Die Teufelsfledermäuse änderten ihre Flugrichtung und eilten vor Angst wimmernd zu ihrer Herrin zurück.

Diesmal ertönte zusammen mit dem Rumpeln ein lautes blubberndes Geräusch.

Einer der Sonnenanbeter beugte sich vor und schaute in den tiefen Krater hinunter.

„Aaaaah!“ Sein durchdringender Schrei hallte durch die Höhle. „Der Vulkan … er brodelt … er wird wieder ausbrechen!“, brüllte er wie am Spieß.

Jetzt entdeckten auch Selina und die anderen tief unter ihnen eine rot glühende Masse, die zu schäumen begann.

Sofort brach das Chaos aus. Die *Kinder der Sonne* flohen in wilder Panik.

„Folgt mir!“, rief Sebastian. „Das ist unsere Chance! Bleibt dicht zusammen!“

Gemeinsam eilten die Freunde den Felsvorsprung entlang.

Hinter sich hörten sie die Schreie der Sonnenkönigin. Bevor Selina in den rettenden Gang schlüpfte, warf sie noch einen letzten Blick über die Schulter. Die böse Frau wedelte mit den Armen und versuchte ihre Anhänger zur Rückkehr zu bewegen. Die Teufelsfledermäuse umkreisten kreischend ihren Kopf.

Die Menschen stürmten in Scharen davon. In dem Chaos konnte man nicht genau sagen, ob es die Gefangenen oder Sonnenanbeter waren. Alle rannten um ihr Leben, während die blubbernden Geräusche aus der Tiefe immer lauter wurden.

Trotz der drohenden Gefahr führte Sebastian seine kleine Gruppe ruhig und besonnen die steile Bergseite hinunter und den Pass entlang. Gut anderthalb Kilometer entfernt vom Sonnenberg trafen sie auf Manfredo Meckmeck.

Der Ziegenbock stand auf einem großen Stein am Wegesrand.

„Würdet ihr mir freundlicherweise verraten, was hier vor sich geht?“, fragte Manfredo. „Seht euch mal die vielen Leute an!“

„Bald wird es hier wieder so ruhig und friedlich sein, wie du es dir wünschst“, versicherte Sebastian dem Ziegenbock.

„Und was ist mit dem Sonnenberg?“, blaffte der Ziegenbock ihn an.

Aus dem Krater sprühten Funken und dann schoss eine riesige Feuerfontäne in die Luft.

„Ach du meine Güte!“, rief Zack. Er verbarg den Kopf unter einem Flügel.

Kurz darauf wälzte sich ein breiter Lavastrom den Berghang hinunter. Zum Glück waren sie weit genug davon entfernt.

„Meint ihr, dass die Menschen entkommen sind?“, fragte Selina besorgt.

„Ich würde sagen, ja“, antwortete Manfredo, „wenn man sich mal die Massen ansieht, die schon hier vorbeigegangen sind!“

„Jedenfalls haben wir alle Gefangenen gewarnt“, sagte Sebastian.

„Und was ist mit der Sonnen- oder Eiskönigin oder was auch immer sie ist?“, fragte Selina mit einem Schaudern.

„Sie wird ihren geliebten goldenen Tempel bestimmt niemals verlassen wollen“, erwiderte Frederik.

„Dann wird sie den Vulkanausbruch bestimmt nicht überleben“, sagte Sebastian mit finsterer Miene.

„Geschieht ihr recht“, fauchte die Prinzessin.

„Sie hätte eben keine Menschen entführen sollen und besonders keine Kronprinzen."

„Wie seid Ihr eigentlich in Gefangenschaft geraten?", wollte Zack wissen.

„Sie haben mich langsam in ihren Kreis eingeführt", antwortete Frederik. „Am Anfang war alles furchtbar aufregend und wir hatten jede Menge Spaß. Erst später kam ich auf den Sonnenberg. Dort wurde ich der Gefangene der Sonnenkönigin. Für den Rest meines Lebens sollte ich ihr Sklave sein." Er sah die Freunde mit gerunzelter Stirn an. „Woher wusstet ihr eigentlich, dass ich hier bin?"

„Habt Ihr zufällig zwei Wochen Zeit?", fragte Zack. „Das ist nämlich eine ziemlich lange Geschichte."

„Prinzessin Clarissa hat sich gewünscht, dass Ihr wieder nach Hause kommt", sagte Sebastian.

„Wirklich?" Frederik sah seine Schwester erstaunt an, als hätte er ihr das gar nicht zugetraut.

Die Prinzessin nickte.

Selina fiel auf, dass sie recht beschämt aussah. „Durch deine Postkarte wussten wir, dass du in Zenedig warst", erklärte sie. „Und von dort aus sind wir den Hinweisen gefolgt – bis hierher zum Sonnenberg."

„Doch nun müssen wir nach Zavania zurückkehren", meinte Sebastian.

„Das ist ein ziemlich weiter Weg", erwiderte Frederik.

„Keine Angst, die Einhörner werden uns hinbringen", beruhigte Sebastian ihn.

Nachdem sie sich von Manfredo verabschiedet hatten, eilten sie zu den Weidegründen der Einhörner.

Caspar und Cornelius warteten bereits auf sie. Die sanften Einhörner begrüßten sie freudig. Aufmerksam hörten sie sich die erstaunliche Geschichte an, die die Freunde zu berichten hatten.

Cornelius erzählte ihnen schließlich, dass es seiner Herde schon viel besser ging, seit sie das frische, klare Wasser des Bergflusses tranken. „Und jetzt", schnaubte er, „müssen wir euch so schnell wie möglich nach Hause bringen."

„Vielen Dank, Cornelius", sagte Sebastian. „Diesmal werde ich auf dir reiten und Caspar trägt Kronprinz Frederik."

„Und ich möchte hinter dir sitzen, Sebastian",

sagte die Prinzessin hastig. Schnurstracks marschierte sie auf Cornelius zu. Selina verzog das Gesicht. Doch Sebastian hob die Hand, um Clarissa aufzuhalten. „Nein, Königliche Hoheit", sagte er. „Ihr reitet gemeinsam mit Eurem Bruder. Selina kommt zu mir."

Sebastian reichte Selina seine Hand, um ihr beim Aufsitzen zu helfen. In diesem Moment war Selina der glücklichste Mensch der Welt.

Eine große Überraschung

Als die Gefährten zurück in Zavania waren, machten sich Zack, Sebastian und Selina sofort auf den Weg zu Zenobius' Turmzimmer. Die Prinzessin und der Prinz eilten in den Palast zu ihrer Mutter.

„Und ihr sagt, Kronprinz Frederik war der Gefangene dieser bösen Frau?", fragte Zenobius entsetzt, nachdem die Freunde ihm die Geschichte erzählt hatten. „Wusste die Sonnenkönigin eigentlich, wer er war?", fragte Zenobius.

„Ja", erwiderte Sebastian. „Frederik glaubt, sie hat die *Kinder der Sonne* sogar extra ausgeschickt, um ihn in ihre Sekte zu locken. Anscheinend hat es ihr großes Vergnügen bereitet, dass er ihr Gefangener war. Er musste sogar härter arbeiten als die anderen."

„Wer weiß, was Kronprinz Frederik noch alles hätte ertragen müssen, wenn ihr ihn nicht gefunden hättet …“ Zenobius schüttelte fassungslos den Kopf.

„Hoffentlich haben wir jetzt zum letzten Mal von dieser Frau gehört“, sagte Sebastian.

„Mit ein bisschen Glück kommt sie aus ihrem Tempel nie wieder raus“, fügte Zack hinzu.

„Es war eine sehr gute Idee von dir, den Vulkan zum Leben zu erwecken“, sagte der Herr der Wünsche. „Doch nun erzählt mir, wofür ihr den anderen Zauberspruch eingesetzt habt“, fuhr er fort.

„Wir brauchten ihn, um das Wasser des Bergflusses wieder trinkbar zu machen“, antwortete Sebastian. Als Zenobius die Stirn runzelte, erklärte er es ihm. „Die Sonnenkönigin hat verschiedene Zaubertränke gebraut. Jedes Mal, wenn einer nicht gut genug war, hat sie ihn einfach in den Bergfluss geschüttet. Damit wurde das Wasser verseucht.“

„Was für eine Schande!“, rief Zenobius.

„Die Einhörner sind dadurch krank geworden“, sagte Selina.

„Und viele andere Lebewesen auch“, ergänzte Zack.

„Also“, sagte Zenobius schließlich, „für mich sieht es so aus, als hättet ihr euch vorbildlich verhalten.“ Er verstummte, als Tirza in der Tür zum Turmzimmer erschien.

„Was gibt es denn?“, fragte Zenobius dann.

„Kronprinz Frederik und Prinzessin Clarissa sind unten und möchten Euch sehen, Zenobius“, antwortete Tirza. „Sie haben eine Nachricht von unserer Königin.“

„Bitte sie, zu uns heraufzukommen“, sagte der Herr der Wünsche. „Dann werden sie Zeugen eines feierlichen Ereignisses.“

Sebastian wurde rot. Zack zwinkerte Selina zu. Sie ahnten, was Zenobius vorhatte.

Ein paar Sekunden später kam Tirza in Begleitung der Königskinder die Stufen zum Turmzimmer heraufgekeucht.

„Hoheiten.“ Zenobius machte eine tiefe Verbeugung. „Welchem Umstand verdanken wir die Ehre Eures Besuchs?“

„Bäh, wie schleimig!“, murmelte Zack kaum hörbar. Als Selina ihm einen warnenden Blick zuwarf, fügte er leise hinzu: „Wenn's nicht um uns ginge, wären die doch gar nicht hier."

„Wir überbringen euch allen Grüße von Ihrer Majestät, der Königin", sagte Frederik feierlich. Er trug eine Uniformjacke aus Samt und dazu eine passende Hose. So hatte er keinerlei Ähnlichkeit mehr mit der jämmerlichen Gestalt, die sie vom Sonnenberg gerettet hatten. Nur das Nasenpiercing hatte er noch. Selina fand, dass es sehr cool aussah.

„Unsere Mutter hat uns gebeten, euch ihre tief empfundene Dankbarkeit zu versichern", fuhr er fort. Während Frederik sprach, wandte er sich Sebastian zu.

„Es war uns ein Vergnügen, Königliche Hoheit", erwiderte Sebastian und verneigte sich tief.

„Die Königin ist überglücklich, dass Frederik wieder bei uns ist!", ergänzte die Prinzessin. „Sie möchte Sebastian belohnen."

„Sie würde dir gerne einen Herzenswunsch erfüllen", fuhr Frederik an Sebastian gewandt fort.

„Oh, wir wissen alle, was Sebastians größter Wunsch ist", sagte Zenobius.

„Er würde gern die Goldenen Sporen bekommen, um selbst ein Herr der Wünsche zu sein“, sagte Selina.

„Das ist völlig richtig. Und die wollte ich ihm sowieso gleich verleihen“, bemerkte Zenobius. „Mein Zauberlehrling hat ohne Zweifel bewiesen, dass er das Zeug dazu hat, obwohl er noch sehr jung ist.“

Selina und Zack schauten den Wunschmeister mit großen Augen an, Tirza liefen die Tränen über die faltigen Wangen und die Königskinder waren sprachlos. Dann ging Zenobius feierlich zu dem Schrank, wo er die Zaubersprüche und die magischen Ringe aufbewahrte.

Selina hielt den Atem an und Zenobius winkte Sebastian zu sich. Der Herr der Wünsche drehte den Schlüssel im Schloss, öffnete die Schranktür und holte ein gläsernes Kästchen heraus. Darin lagen auf einem Bett aus schwarzem Samt ein Paar glänzende Goldene Sporen.

Sebastian kniete vor dem Herrn der Wünsche nieder, der ihm eine Hand auf den Kopf legte. Nun flüsterte Zenobius etwas, was die anderen jedoch nicht verstehen konnten. Schließlich erhob sich Sebastian und der Herr der Wünsche überreichte ihm die Goldenen Sporen.

„Sebastian, du verfügst nun über enorme Kräfte“, sagte Zenobius mit dröhnender Stimme. „Deine Lehrjahre sind vorüber. Ab heute bist du ein vollwertiges Mitglied der ehrenwerten Gilde der Herren der Wünsche. Mögest du deine Macht immer weise und für das Wohl anderer gebrauchen.“

Als Sebastian sich umdrehte, waren seine Wangen vor Freude gerötet und er hatte Tränen in den Augen. Die anderen klatschten begeistert.

„Bravo!“, rief Zack und schlug mit den Flügeln. Alle scharten sich um Sebastian und bewunderten die Goldenen Sporen. Tirza schenkte ihren besonders leckeren Erdbeersirup in Kelche, damit sie anstoßen konnten.

„Gut gemacht“, flüsterte Selina Sebastian zu. Sie nahm seine Hand und drückte sie ganz fest.

„Ohne dich hätte ich das sicher nie geschafft“, sagte er.

Selina schluckte. Der Kloß in ihrem Hals war so groß, dass sie kein weiteres Wort herausbrachte. Sie war kurz davor zu weinen, weil sie solche Angst hatte, dass Sebastian sie nun nicht länger brauchte. Es war Zack, der sie mit seinem empörten Krächzen aus dieser peinlichen Situation rettete.

„Und was ist mit mir?“, fragte er. „Werde ich überhaupt nicht erwähnt?“

„Natürlich, du verrückter alter Rabe“, antwortete Sebastian. Du machst mich zwar meistens wahnsinnig, aber ich würde nie ohne dich irgendwohin gehen. Wir werden immer Freunde bleiben.“

Das schien Zack zufriedenzustellen. Er stieß einen tiefen Seufzer aus, ließ sich auf seiner Sitzstange nieder und steckte den Kopf unter den Flügel. Selina überlegte, ob er auf diese Weise die eine oder andere Träne der Rührung verstecken wollte.

Nachdem sie Sebastian gratuliert hatten, machten sich der Prinz und seine Schwester auf den Weg zurück ins Schloss. Sie wollten der Königin berichten, was passiert war.

„Ich muss auch nach Hause“, sagte Selina widerstrebend. „Bei uns in der Schule findet heute die große Preisverleihung statt.“

„Vielleicht bekommst du auch einen Preis wie Sebastian“, sagte der Prinz freundlich. Zum Abschied drückte er sie kurz an sich. „Verdient hättest du ihn auf jeden Fall. Auf Wiedersehen, Selina. Ich danke dir noch einmal von ganzem Herzen.“

Nachdem Frederik sich abgewandt hatte, stand Selina plötzlich der Prinzessin gegenüber. Sie wirkte ein wenig unbeholfen, ganz anders als noch vor ein paar Tagen.

„Auf Wiedersehen, Selina“, sagte sie kaum hörbar.

„Auf Wiedersehen, Clarissa“, erwiderte Selina mit fester Stimme.

„Danke, dass du geholfen hast, meinen Wunsch zu erfüllen.“

„Ist schon in Ordnung“, sagte Selina.

„Ich hoffe …“, begann die Prinzessin.

„Ja?“

„Ich hoffe, dass du wiederkommst und uns besuchst. Das tust du doch, nicht wahr?“

„Das muss Sebastian entscheiden.“ Selina drehte sich zu ihm um. „Darf ich noch mal nach Zavania?“, fragte sie ihn.

„Natürlich“, antwortete er, ohne eine Sekunde zu zögern.

„Dann ist es ja gut“, sagte die Prinzessin.

Kurz darauf verließen Selina, Sebastian und Zack das Land. Es dauerte nicht lange, da glitt das Boot auch schon unter den Weiden am Ende von Selinas Garten dahin.

„Sieht so aus, als müssten wir uns wieder verabschieden“, sagte Sebastian. Er legte am Ufer an.

Bevor Selina etwas erwidern konnte, krächzte Zack: „Ihr beiden möchtet bestimmt fünf Minuten alleine sein, um euch Tschüss zu sagen. Ich werde mich solange aus dem Staub machen …“ Er schlug mit den Flügeln.

„Mit anderen Worten: Es gibt da jemanden, mit dem du dich treffen willst“, sagte Sebastian trocken. Dann sprang er elegant ans Ufer.

„Äh, ich weiß wirklich nicht, was du meinst“, stammelte Zack.

„Geht es vielleicht um eine gewisse kleine Taube?“, fragte Sebastian.

„Deren Name zufälligerweise Dolores ist?“, fügte Selina hinzu. Sie griff nach Sebastians ausgestreckter Hand und wurde von ihm vorsichtig an Land gezogen.

„Ja, ja“, murmelte Zack. „Schon gut.“

„Fünf Minuten, mein Freund“, sagte Sebastian streng.

„Na gut“, brummelte der Rabe. Dann flog er über den Garten hinweg.

Nachdem er verschwunden war, stieß Selina einen Seufzer aus. „Ich hasse diesen Teil“, sagte sie nach einer Weile.

„Ich auch“, meinte Sebastian. „Wir können nur hoffen, dass es nicht allzu lange dauert, bis sich wieder jemand etwas Wichtiges wünscht.“

„Ich muss die ganze Zeit daran denken, dass jetzt bestimmt alles anders wird“, sagte Selina leise.

„Wie meinst du das?“, fragte Sebastian sanft.

„Na ja, da du doch nun selbst ein Herr der Wünsche bist, brauchst du wahrscheinlich nicht mehr so viel Hilfe ...“

„Ach, Selina.“ Sebastian lachte, nahm ihre Hände und sagte: „Glaubst du im Ernst, dass mein Gedächtnis besser geworden ist, seitdem ich kein Lehrling mehr bin?“

„Äh, ich …“

„Aber es geht mir nicht nur um das Auswendiglernen der Zaubersprüche“, fuhr er fort.

„Nein?“, fragte sie.

„Nein“, antwortete Sebastian. „Ich brauche dich, Selina. Ich mag dich, wie du bist, vor allem deine Freundlichkeit, deine Fürsorge und deine Art, andere zu beruhigen. Sogar Zenobius wird in deiner Gegenwart ganz gelassen. Und ich finde es toll, dass du immer für das kämpfst, was du für richtig hältst.“

„Oh“, entfuhr es Selina.

„Ich würde nicht mal daran denken, ohne dich aufzubrechen. Alleine werde ich keinen Wunsch erfüllen“, sagte Sebastian.

Er legte seine Arme um Selina und drückte sie ganz fest an sich. So verharrten die beiden eine Weile, bis das Knacken von Weidenzweigen Zacks Rückkehr ankündigte. Widerstrebend ließen sie sich los.

Wenig später stand Selina am Ufer und winkte dem Boot hinterher, das Sebastian und den Raben Zack wieder einmal zurück nach Zavania trug – zurück in das Land der Magie.

„Da bist du ja“, sagte Selinas Mutter, als sie die Küche betrat. „Hast du denn schon Mittag gegessen?“

Selina nickte.

„Dann machen wir uns jetzt besser mal auf den Weg zur Preisverleihung.“

Die Aula der Schule war bis auf den letzten Platz besetzt, als die Lehrer eintraten und auf die Bühne marschierten. Während eine langweilige Rede nach der anderen gehalten wurde, träumte Selina vor sich hin. Sie war mit ihren Gedanken noch ganz in der Zauberwelt Zavania.

Lara saß neben ihr und zappelte vor Aufregung. Jessica thronte natürlich in der ersten Reihe. Sie bereitete sich anscheinend schon darauf vor, mehrmals auf die Bühne zu stürmen, um dort ihre Pokale abzuholen.

„Gehst du hinterher zu der Party?“, flüsterte Lara Selina zu.

„Nein. Die Feier ist nur für die Leute, die einen Preis gewonnen haben“, wisperte Selina.

„Also nicht für uns“, sagte Lara. Sie seufzte. „Oh, jetzt geht's los“, quiekte sie, nachdem die

Vorsitzende des Elternbeirats ihre Rede beendet hatte. Die Rektorin war ans Mikrofon getreten, um die Liste der Preisträger zu verlesen.

Zuerst waren die jüngeren Jahrgänge an der Reihe. Nacheinander kamen die Schüler auf die Bühne. Die Preise wurden ihnen von der Elternsprecherin überreicht.

„Jetzt sind wir dran", zischte Lara ihrer Freundin zu.

„Immer mit der Ruhe", sagte Selina. „Wir wissen doch sowieso schon, was dabei rauskommt."

„Sport hat an unserer Schule schon immer eine große Rolle gespielt und dieses Jahr bildet da keine Ausnahme", begann die Rektorin. „Es gibt ein Mädchen, das praktisch jeden Sportwettbewerb in dieser Saison gewonnen hat. Ich brauche Ihnen sicher nicht zu sagen, um wen es sich handelt." Als die Mädchen in der Reihe vor Selina und Lara sich gegenseitig anstießen und grinsten, machte sie eine kurze Pause. „Jessica", sagte sie dann und schaute lächelnd über ihre Brillengläser hinweg. „Bitte komm zu mir und nimm den diesjährigen Preis für besondere sportliche Leistungen in Empfang."

„Na, was hab ich dir gesagt?“, flüsterte Selina. „Und das ist erst der Anfang.“

Sie sahen zu, wie Jessica ihren Pokal entgegennahm. Höflich klatschten die beiden Freundinnen, als die Gewinnerin mit hoch erhobenem Kopf zurück zu ihrem Platz ging.

Als Nächstes wurden die Preise für die einzelnen Fächer verliehen. Zur großen Überraschung der beiden ging der Mathepreis nicht an Jessica, sondern an ein Mädchen namens Kirsten.

„Das muss sie erst mal verdauen“, flüsterte Lara Selina zu. „Mit dem hat sie doch fest gerechnet.“

Schließlich wurde der Preis für Gedichte und Theaterstücke vergeben. Er ging an Selina.

„Gut gemacht! Du bist die Größte!“, rief Lara.

„Damit habe ich überhaupt nicht gerechnet“, flüsterte Selina mit hochrotem Kopf.

„Du hast es verdient“, sagte Lara. „Alle wissen, dass du unschlagbar bist, wenn es ums Auswendiglernen geht.“

„Ach, echt?“, fragte Selina erstaunt. Im nächsten Moment schrie sie auf: „Oh, Lara, hast du das gerade gehört? Du hast den Hauswirtschaftspreis gewonnen!"

„Was?"

„Komm!", rief Selina. „Lass uns nach vorne gehen und die Pokale abholen!"

Auf dem Weg zur Bühne fiel Selinas Blick auf Jessica, die mit versteinerter Miene und ganz reglos dasaß.

Während alle weiteren Preise verliehen wurden, beruhigten sich Lara und Selina ein wenig. Als schließlich nur noch ein Pokal übrig war, hob die Rektorin die Hand und bat um Ruhe.

„Wie Sie alle wissen, verleihe ich in jedem Jahr einen Sonderpreis an das außergewöhnlichste Mädchen des Jahres", sagte die Schulrektorin. „Dieser Preis ist normalerweise den älteren Schülerinnen vorbehalten. Dieses Jahr habe ich beschlossen, dass ihn jemand aus den jüngeren Jahrgängen erhalten soll."

Ein Raunen ging durch die Reihen.

„Er geht an ein Mädchen, das immer wieder die Bedürfnisse anderer über ihre eigenen gestellt hat und außerdem stets fröhlich und hilfsbereit ist. Den Sonderpreis erhält diesmal …" Die Rektorin verstummte, um die Spannung noch mehr zu steigern.

Jessica hatte sich mit einem breiten Lächeln auf den Lippen schon halb erhoben, als die Rektorin sagte: „Selina!“

Für einen Moment herrschte Stille. Nur Jessicas Wutschrei hallte durch die ganze Aula.

„Oh, Selina!“, rief Lara begeistert. „Du hast gewonnen! Geh schnell nach vorn. Na los, mach schon!“

Während Jessica kopfschüttelnd auf ihren Stuhl zurücksank, stand Selina langsam auf. Sie hatte immer noch nicht begriffen, was gerade passiert war. Begleitet von stürmischem Applaus betrat sie wie eine Schlafwandlerin die Bühne. Dann nahm sie ihren Preis in Empfang.

Auf dem Weg zurück sah sie das strahlende Gesicht ihrer Mutter, die ganz hinten in der Aula saß.

Als Selina sich auf den Platz neben Lara fallen ließ, klopfte ihr Herz wie verrückt.

„Ich freue mich ja so für dich“, flüsterte Lara ihr zu. „Niemand hat diesen Preis mehr verdient als du.“

Selina konnte es immer noch nicht fassen. Ehrfürchtig betrachtete sie die beiden Pokale, die sie bekommen hatte – den einen fürs Gedichteaufsagen und den anderen für ihre Hilfsbereitschaft. Einen Augenblick lang verschleierten Glückstränen ihren Blick. Es kam ihr so vor, als hätte sie ihre eigenen Goldenen Sporen erhalten.

Carol Barton hat schon als junges Mädchen ihre Gedanken und Ideen zu Papier gebracht. Diese Leidenschaft wurde zu ihrem Beruf. Inzwischen hat sie über sechzig Bücher für Kinder und Erwachsene geschrieben. Zusammen mit ihrem Mann lebt sie auf der Isle of Wight im Süden Großbritanniens.

Leseprobe aus
„Selina im Reich der Meerjungfrau“

„Ich verstehe wirklich nicht, was an diesem Wunsch so wichtig sein soll“, rutschte es Selina auf einmal heraus.

Obwohl sich Zenobius’ buschige Augenbrauen zusammenzogen und sein Blick finsterer wurde, fuhr Selina unbeirrt fort. „Ich meine, wenn ihr Kamm gestohlen worden ist, warum kauft sie sich nicht einfach einen neuen?“

„Meine Güte!“, krächzte Zack aus seiner Ecke. „Du hast offenbar keine Ahnung vom Meervolk und ...“

„Was ist denn das Meervolk?“, unterbrach Selina ihn verblüfft.

„Es besteht aus Meerjungfrauen und Meermännern“, erklärte ihr Sebastian.

„Also, von Meerjungfrauen hab ich ja schon

gehört“, sagte Selina, „aber dass es auch Meermänner gibt …“

„Mädchen, Mädchen, du hast wirklich noch eine Menge zu lernen“, meinte Zack und schüttelte vorwurfsvoll den Kopf.

„Erzähle ihr vom Meervolk und seinen Kämmen“, forderte Zenobius seinen Lehrling auf. Dann wandte er sich ab.

„Ein Meermensch besitzt nur einen einzigen Kamm und den bekommt er am Tag seiner Geburt von seiner Mutter“, begann Sebastian geduldig zu erklären. „Er kann sich nur mit diesem Kamm kämmen. Tut er das nicht dreimal am Tag, verfilzen seine Haare innerhalb kürzester Zeit. Und wenn das passiert, kann der Meermensch nicht mehr schwimmen. Stimmt's, Zenobius?“ Sebastian warf dem Herrn der Wünsche einen fragenden Blick zu.

„Absolut richtig!“ Als Zenobius sich wieder zu ihnen umdrehte, spiegelte sich das Licht der Kerzen in dem goldenen Ring, den er im einen Ohr trug. „Vielleicht kannst du jetzt verstehen, warum wir diesen Wunsch für so wichtig halten, dass er erfüllt werden soll.“

„Natürlich verstehe ich das“, erwiderte Selina. „Ich weiß, wie lästig es ist, wenn ich Knoten in meinem Haar habe, und dabei ist es gar nicht so lang. Ich habe schon mal Bilder von Meerjungfrauen gesehen. Die haben richtig lange Haare. Wo sagtet Ihr vorhin, lebt das Meervolk?“

„In den Kristallhöhlen am Ende der Delfinbucht“, antwortete Zenobius. „Einer der Delfine, die dort leben, ist den Fluss entlang bis zum Schloss geschwommen und hat mir die ganze traurige Geschichte erzählt. Es sieht so aus, als würde Jolana langsam austrocknen und sterben. Das wäre auch bei jedem anderen Mitglied aus dem Meervolk so, wenn es nicht mehr schwimmen könnte.“

„Das dürfen wir nicht zulassen“, krächzte Zack entschlossen.

„Richtig“, bekräftigte Zenobius. „Eure Aufgabe ist herauszufinden, wer den Kamm gestohlen hat, ihn zurückzuholen und ihn der Meerjungfrau zu übergeben.“

„Gibt es irgendeinen Anhaltspunkt, wer ihn geklaut haben könnte?“, fragte Sebastian.

„Wie mir der Delfin berichtet hat, gibt es mehrere Verdächtige“, erwiderte Zenobius. „Die Stechrochen und die Teufelsfische hätten in letzter Zeit wieder häufiger Ärger gemacht, die Barrakudas haben immer jede Menge fieser Tricks auf Lager und dann ist da noch eine Bande Garnelen, die in dieser Gegend schon einige Diebstähle begangen hat.“

„Klingt für meinen Geschmack ein bisschen zu sehr nach Fisch“, krächzte Zack. „Und nach Nässe. Ich kann Wasser nicht ausstehen. Das lässt meine Federn zu Berge stehen. Wenn es für euch okay ist, werde ich bei dieser Wunscherfüllung einfach mal aussetzen.“

Selina erschrak.

Für sie war es undenkbar, die Aufgabe ohne Zack zu meistern.

„Kommt überhaupt nicht infrage!“, donnerte Zenobius zu ihrer großen Erleichterung. „Du begleitest die beiden, denn sie werden deine Hilfe brauchen.“

Zack zog den Kopf zwischen die Flügel und Selina wusste: Es war ein Zeichen dafür, dass er jetzt eingeschnappt war.

„Die Regeln sind dieselben wie sonst auch“,

sagte Zenobius, ging zum Wandschrank und öffnete ihn. „Ihr bekommt zwei Zaubersprüche, die euch helfen sollen, den Wunsch zu erfüllen. Und die müsst ihr auswendig lernen."

Ohne auf Sebastians Stöhnen zu achten, fuhr er fort: „Es ist allein Sebastian überlassen, wie und wann er die Zaubersprüche einsetzt, aber er muss mir hinterher Bericht erstatten. Ich werde dann beurteilen, ob er auch wirklich die richtigen Entscheidungen getroffen hat."

Der Herr der Wünsche hielt im Sprechen inne und sah Sebastian ernst an. „Deine Entscheidungen haben natürlich auch Einfluss darauf, wann du deine Goldenen Sporen erhältst und selbst zu einem Herrn der Wünsche wirst."

Sebastian schluckte.

„Eins dürft ihr nie vergessen", fuhr der Lehrmeister fort, während er zwei Pergamentrollen und eine schwarze Schatulle aus einer Schublade holte. „Nachdem ihr die Zaubersprüche eingesetzt habt, seid ihr wieder völlig auf euch allein gestellt. Benutzt sie daher weise. Wenn sie verbraucht sind, kann euch meine Zauberkraft nicht mehr zu Hilfe kommen."

Wieder hielt er im Sprechen inne. Im Turmzimmer breitete sich Stille aus. Selina hielt den Atem an, als Zenobius die Schatulle öffnete.

„Und hier“, sagte er, „ist der magische Ring, der dafür sorgen wird, dass die Zaubersprüche in Erfüllung gehen.“ Als er ihn aus dem Kästchen nahm, bündelte der Edelstein die Sonnenstrahlen, die durch das Fenster fielen, in einem türkisfarbenen Blitz.

Sebastian trat vor und der Herr der Wünsche steckte ihm den Ring an den Finger.

„Ist der schön“, hauchte Selina.

„Dieser Stein ist ein Aquamarin“, erklärte Zenobius. „Sehr passend für ein Unterwasserabenteuer.“

„Musstet Ihr mich unbedingt daran erinnern? Mit nassen Federn werde ich genauso albern wie ein gerupftes Huhn aussehen.“ Der Rabe krächzte empört.

Ohne Zack zu beachten, richtete Zenobius sich zu seiner vollen Größe auf, warf seinen Umhang zurück und öffnete schwungvoll eine der beiden Pergamentrollen. „Und jetzt werde ich euch den ersten der beiden Zaubersprüche verkünden. Wie ihr wisst, dürfen die Rollen unter keinen Umständen diesen Raum verlassen. Es ist also an euch, die Zaubersprüche so gewissenhaft wie möglich auswendig zu lernen."

Nachdem Sebastian, Selina und Zack die Sprüche mehrfach durchgegangen waren, machten sie sich auf den Weg. Tirza war extra zum Landungssteg gekommen, um sich zu verabschieden und ihnen hinterherzuwinken.

Kurze Zeit später schipperten die drei Freunde flussabwärts auf das Meer zu.

„Ich kann mir diese Zaubersprüche einfach nicht merken." Sebastian stöhnte. „Einer klingt schlimmer als der andere."

„Am besten sagen wir sie noch mal gemeinsam auf", schlug Selina vor. „Na, kommt schon. Alle zusammen! Man kann sie nur lernen, wenn man sie möglichst oft wiederholt. Du auch, Zack", sagte sie streng, als der Rabe ihnen den Rücken zudrehte.

„Zack!"

„Okay, okay", krächzte der Vogel widerwillig.

Selina holte tief Luft und begann den ersten Zauberspruch aufzusagen. Die anderen beiden blieben stumm.

„Zalleria, Zallaria, Zalliski,
mächtiger Aquamarin im Meer,
Zaconda, Zacanda, Zaciski,
schickt Euer türkises Feuer her!“

„Na bitte, war doch gar nicht so schwer“, sagte Selina und schaute ihre Freunde auffordernd an.

„Ich bringe die Worte immer durcheinander“, meinte Sebastian niedergeschlagen. „Irgendwie klingen sie für mich alle gleich.“

„Das sind sie aber nicht“, rief Selina. „Sie sind ganz unterschiedlich. Komm, wir versuchen es noch einmal. Und diesmal möchte ich den Spruch nicht alleine aufsagen.“

Erst kam nur widerwilliges Gemurmel und Gestöhne. Doch dann sprachen Sebastian und Zack Selinas Worte nach.

„Nicht schlecht“, sagte Selina, als sie fertig waren. „Aber ihr solltet noch mehr üben. Jedes einzelne Wort muss stimmen, sonst funktioniert es nicht. Das weißt du doch, Sebastian. Stellt euch mal vor, der Zauberspruch hätte nicht gewirkt, als wir versucht haben, aus dem Palast der Eiskönigin zu fliehen. Ich möchte lieber nicht wissen, was dann mit uns passiert wäre!"

„Ja, ja. Schon gut! Das musst du uns nicht immer wieder unter die Nase – äh … den Schnabel – reiben", meckerte Zack.

„Hauptsache, ihr vergesst es nicht!", sagte Selina streng. „Also, noch mal von vorn:

‚Zalleria, Zallaria, Zalliski …'"

Während sie weiter den Fluss hinunterfuhren, wurde die Luft zunehmend frischer.

„Seht euch mal diese Vögel an", sagte Sebastian. Er hatte für einen Moment aufgehört, das Boot zu lenken. Nun stützte er sich auf seine Stange. „Das sind Möwen. Wahnsinn, dieser Sturzflug und wie sie ins Wasser tauchen."

„Eingebildeter Haufen, diese dummen Viecher", schnaubte Zack verächtlich. „Immer müssen sie angeben."

„Wenn hier Möwen sind, ist das Meer sicher

ganz in der Nähe“, sagte Sebastian. Die Aufregung war seiner Stimme deutlich anzuhören.

„Dann wird es höchste Zeit, dass wir den zweiten Zauberspruch üben“, sagte Selina mit fester Stimme. „Sebastian! Zack!“, fügte sie in scharfem Ton hinzu, als keiner der beiden reagierte.

„Na gut. Wenn's unbedingt sein muss“, seufzte Sebastian.

„Ja“, erwiderte Selina. „Es muss sein.“

„Zambazin von Zizabar,
ach herrlich strahlend blauer Stein.
Zascalusa, Zascalar,
die Zauberkraft soll unser sein!“

„Der kam mir jetzt aber ein bisschen leichter vor“, meinte Sebastian, als sie den Zauberspruch zusammen aufgesagt hatten. Dann reckte er den Hals und rief: „Seht doch! Da ist es, das Meer!“

„Oh“, sagte Selina und schlug die Hände zusammen. „Ich hatte gar nicht mehr in Erinnerung, dass es so blau ist.“

„Tja, ich hoffe, du kannst schwimmen“, entgegnete Zack ein wenig arrogant.

„Klar kann ich schwimmen", erwiderte Selina. „Das habe ich schon vor langer Zeit in der Schule beigebracht bekommen."

„Und ich habe im Fluss schwimmen gelernt", sagte Sebastian. „Was ist mit dir, Zack? Ich kann mich nicht entsinnen, dich jemals im Wasser gesehen zu haben."

„Das meide ich auch möglichst." Zack schlug mit den Flügeln. „Es lässt meine Federn immer in alle Richtungen abstehen."

„Kannst du denn überhaupt schwimmen?", fragte Selina besorgt.

„Sagen wir mal so", krächzte Zack, „ich würde jedenfalls nicht ertrinken."

Inzwischen hatten sie den Fluss hinter sich gelassen und fuhren auf dem Meer. Sebastian legte mit dem Boot an einem Sandstrand an, der mit Hunderten von Muscheln und sich im Wind wiegenden Seegrasbüscheln übersät war.

Er schirmte seine Augen mit einer Hand gegen das gleißende Sonnenlicht ab und blickte über die See.

„Wo genau sind denn nun die Kristallhöhlen?", fragte Selina.

„Sie liegen auf der anderen Seite der Bucht. Seht mal, das Kliff dort drüben.“ Sebastian zeigte seinen Freunden, in welcher Richtung er es entdeckt hatte.

„Da müssen die Höhlen sein, in denen das Meervolk lebt.“

„Ist das aufregend!“, sagte Selina. „Ich kann es kaum erwarten, eine echte Meerjungfrau kennenzulernen.“

„Euer Geschnatter in allen Ehren, aber wie sollen wir die Bucht überqueren?“, meldete sich Zack zu Wort. Er war bis eben am Strand auf und ab stolziert, doch nun blieb er stehen und blickte die beiden fragend an.

„Wir haben doch das Boot …“, wandte Selina ein.

„Pah, damit würden wir nicht weit kommen“, sagte Zack abwinkend. „Der Meeresboden ist zu tief. Mit der Holzstange können wir das Boot nur im Fluss vorwärtsbewegen und lenken. Hier taugt es nicht viel.“

„Au Backe“, stöhnte Selina. „Daran habe ich gar nicht gedacht.“

„Kein Wunder“, meckerte Zack. „Du warst ja

auch vollauf damit beschäftigt, uns irgendwelche blöden Reime aufsagen zu lassen."

„Es muss doch eine Möglichkeit geben ...", murmelte Sebastian und blickte nachdenklich auf das Wasser.

„Na ja, wahrscheinlich kann uns jetzt nur noch einer dieser ‚blöden Reime' helfen, um über die Bucht zu kommen", sagte Selina kühl.

„Ich möchte keinen Zauberspruch einsetzen", wehrte Sebastian ab. „Dafür ist es noch zu früh."

„Hast du vielleicht 'ne bessere Idee?", fragte Zack und hörte sich dabei an wie ein gackerndes Huhn.

„Ja, ich denke schon", sagte Sebastian langsam. „Seht doch mal da draußen im Wasser."

Selina kniff die Augen zusammen, weil sie vom Sonnenlicht geblendet wurde. Viele Meter von ihnen entfernt bewegte sich etwas und tollte durch die Wellen. „Was ist denn das?"

„Ein Delfin", antwortete Sebastian. „Die ganze Bucht ist voll von ihnen! Wahrscheinlich hat sie daher ihren Namen."

„Kluges Kerlchen." Zack gluckste.

„Vielleicht könnten sie uns helfen", sagte Sebastian und starrte Zack zornig an. „Ich möchte, dass du jetzt zu ihnen hinüberfliegst und sie darum bittest."

„Ich?", krächzte Zack entrüstet.

„Ja, du", sagte Sebastian ruhig. „Aber wenn dir das zu anstrengend ist, kann ich auch die Möwen darum bitten."

„Okay, okay, ich mach's ja", entgegnete Zack wie aus der Pistole geschossen. Er schlug mit den Flügeln und hob ab. Selina und Sebastian sahen zu, wie er über die Bucht flog.

„Sebastian, glaubst du, sie werden uns helfen?", fragte Selina besorgt, während sie auf die Rückkehr des Raben warteten.

„Wenn sie können, bestimmt", antwortete er. „Delfine sind sehr hilfsbereite Wesen. Vergiss nicht, dass einer von ihnen den Fluss hinaufgeschwommen ist, um Zenobius vom Wunsch der Meerjungfrau zu berichten. Mein Herr hat mir erzählt, dass Prinzessin Clarissa den Delfin gesehen hat. Sie wollte ihn behalten, aber er hat es ihr nicht erlaubt."

Sie schwiegen eine Weile, dann fragte Selina Sebastian hastig: „Hat die Prinzessin während meiner Abwesenheit eigentlich noch mal Ärger gemacht?"

„Nicht wirklich", sagte Sebastian mit einem breiten Grinsen. „Ich glaube, sie hat ihre Lektion gelernt. Außerdem ist sie im Moment gar nicht da", fügte er hinzu.

„Ach ja?", fragte Selina.

„Die königliche Familie besucht Clarissas Tante, die Schwester der Königin."

Selina sagte nichts dazu, war aber insgeheim erleichtert.

Seit ihrer Rückkehr nach Zavania hatte sie eine weitere Begegnung mit der Prinzessin gefürchtet, da Clarissa Selina anscheinend ebenso wenig mochte wie Selina sie.

„Zack kommt zurück", sagte Sebastian nach einer Weile.

Selina sah auf und vergaß die Prinzessin vor lauter Aufregung völlig.

Zack flog tatsächlich auf sie zu. Majestätisch glitt der große Rabe über das Meer. Unter ihm sprangen gerade zwei wunderschöne blaugraue Delfine über eine Welle.

„Lasst das Boot zu Wasser", rief Zack seinen

Freunden zu, als er den Strand erreichte. „Das ist Fino." Der Rabe deutete mit dem Kopf auf einen der beiden Delfine. „Und das neben ihm ist seine Schwester Fine. Sie haben uns freundlicherweise angeboten, das Boot bis zu den Kristallhöhlen zu ziehen."

„Hallo", sagte Fino zu Sebastian und Selina. „Wir sind so froh, euch zu sehen! Wir hatten schon Angst, ihr würdet nicht kommen."

„Wir haben uns so schnell wie möglich auf den Weg gemacht", erwiderte Sebastian. „Bevor ein Wunsch erfüllt werden kann, muss jedoch einiges vorbereitet werden."

„Ja, das kann ich mir vorstellen", sagte der Delfin, während Sebastian und Selina das Boot ins Wasser schoben. „Ich hoffe nur, dass ihr der armen Meerjungfrau Jolana auch helfen könnt."

„Wir drei werden unser Bestes geben." Sebastian lächelte Fino aufmunternd zu und half Selina, an Bord zu klettern.

„Das Meervolk ist völlig außer sich", murmelte Fine, der kleinere Delfin, bedrückt.

„Das ist absolut verständlich", krächzte Zack. „Sie machen sich sicher Sorgen um Jolana."

„Natürlich." Fine nickte. „Doch der gestohlene Kamm lässt auch schlimme Erinnerungen wiederaufleben – Erinnerungen an einen Diebstahl, der vor vielen Jahren begangen wurde."

„Was wurde denn damals gestohlen?", fragte Sebastian, während die zwei Delfine das Seil, das am Bug befestigt war, ins Maul nahmen. Sie zogen das Boot aus dem seichten Gewässer und es begann zu schaukeln.

„War es auch ein Kamm?", fügte Sebastian hinzu.

„Nein", antwortete Fino mit einem traurigen Blick. Wegen des Seils nuschelte er. „Kein Kamm, sondern ein Meerbaby."

„Ein Baby?", rief Selina entsetzt. „Oh nein, wie furchtbar! Haben die Meerleute es denn zurückbekommen?"

„Nein", erwiderte Fino grimmig. „Der Kleine ist nie wieder aufgetaucht."

„Das ist ja schrecklich!", sagte Selina.

„Ihr denkt vielleicht, dass ein Kamm im Vergleich zu einem Baby gar nichts ist", fuhr Fine fort, „aber ohne ihn kann Jolana nicht mehr schwimmen und wird schon bald sterben."

Das machte die Freunde ganz betrübt. Während Fino und Fine das Boot schnell und sanft durch die Wellen zogen, saßen Selina und Sebastian still nebeneinander auf den bunten Kissen. Zack hockte hinter ihnen.

Über ihnen erstreckte sich der klare blaue Himmel und das Sonnenlicht brachte die Wasseroberfläche zum Glitzern. Die Freunde kamen der Kliffküste, die aussah wie eine lang gezogene weiße Linie, immer näher.

„Man kann schon die Höhlen erkennen!", rief Sebastian plötzlich.

„Tatsächlich." Selina war ganz aufgeregt. „Und guckt mal, da drüben ist das Meervolk!"

Auf den Felsen am Eingang zu den Höhlen saßen einige Meerleute. Sie hatten die Schwanzflossen ins Wasser getaucht. Zwei Meerjungfrauen kämmten ihr goldblondes Haar. Als das Boot vorbeirauschte und einer der Meermänner grüßend die Hand hob, winkten Selina und Sebastian zurück.

„Die Leute dieses Volks sind herzensgut", rief

Fino ihnen zu. „Sie tun niemandem etwas zuleide. Umso bitterer ist nun das, was Jolana zugestoßen ist."

Die Freunde schwiegen, während die Delfine das Boot zwischen den Felsen hindurchlotsten und in eine gigantische dämmrige Höhle zogen.

Sogar Zack schien von der majestätischen Pracht dieses Ortes überwältigt zu sein, denn er hielt ausnahmsweise mal den Schnabel.

An den Höhlenwänden waren wunderschöne bunte Mosaikbilder zu sehen, die sich aus unzähligen Muscheln und Perlen kunstvoll zusammensetzten.

Das Wasser in der Höhle war dunkelgrün und vermutlich sehr, sehr tief. Selina stellte sich vor, wie es wohl wäre, dort hineinzufallen. Allein bei dem Gedanken bekam sie eine Gänsehaut.

Inzwischen hatten die Delfine das Boot in eine kleine Bucht gezogen. Sie legten das Seil sicherheitshalber um einen Felsen und ließen es dann los.

„Weiter können wir euch nicht bringen", sagte Fine und deutete mit ihrer Schnauze auf einen Meerjungen, der zu ihnen gestoßen war. „Aber hier ist Miro. Er ist Jolanas Neffe und der Einzige, den sie im Moment sehen will. Er wird euch zu ihr führen."

Miro, der eine unglaubliche Fülle herrlicher blonder Locken besaß, lächelte den Freunden schüchtern zu und machte ihnen ein Zeichen, ihm zu folgen. Dann sprang er von der Bucht ins Wasser und verschwand.

„Ich will da nicht rein", murmelte Zack.

„Das müssen wir auch nicht", beruhigte ihn Sebastian. „Hier geht's lang." Er deutete mit seinem Zeigefinger auf einen Pfad, der sich am Rand der Bucht entlangschlängelte.

„Kommt", sagte Sebastian. „Er ist ziemlich schmal, aber wenn Selina hinter mir bleibt, müsste es gehen."

Leise vor sich hin meckernd, hockte Zack auf Sebastians Schulter, während dieser und Selina dem Pfad folgten. Der Meerjunge schwamm ihnen voraus. Von ihm war meist nicht mehr als die Schwanzflosse zu sehen.

„Was glaubst du, wie weit es noch ist?", flüsterte Selina schließlich und zupfte an Sebastians Umhang.

„Keine Ahnung“, entgegnete er, den Kopf ein wenig nach hinten gewandt, um ihr zu antworten. „Mir war nicht klar, dass Höhlen so tief sein können.“

„Das ist einfach nicht in Ordnung“, schimpfte Zack. „Offenbar vergessen die Leute ständig, dass ich ein Vogel bin. Raben haben im Wasser nichts zu suchen und man sollte auch nicht von ihnen verlangen, dass sie sich in Höhlen herumtreiben. Vögel sind dafür geschaffen zu fliegen, frei zu sein …“

„Jetzt halt endlich mal die Klappe“, zischte Sebastian. „Ich glaube, keiner von uns ist besonders scharf auf diese Reise in die Unterwasserwelt, aber es bringt auch nichts, sich darüber zu beschweren. Wir haben diese Aufgabe übernommen und jetzt müssen wir das Beste daraus machen. He, seht euch das mal an!“

Er blieb unvermittelt stehen. Selina stieß mit Sebastian zusammen und Zack fiel fast von dessen Schulter.

„Verflixt und zugenäht!“, krächzte der Rabe verärgert. „Kannst du nicht Bescheid sagen, bevor du stehen bleibst? Beinahe wären wir alle im

Wasser gelandet, und wer weiß, was dann passiert wäre …“

Doch keiner hörte ihm zu. Der schmale Pfad, dem sie bisher gefolgt waren, wurde immer breiter. In einer Ecke dieser Höhle rauschte ein Wasserfall über die Felsen und stürzte schäumend in ein türkisfarbenes Becken. Auch hier zierten Mosaikbilder die Wände und die zahlreichen Nischen. In einer dieser Nischen konnte Selina auf einem Felsvorsprung den dunklen Umriss einer Gestalt erkennen.

Sie wollte es gerade Sebastian erzählen, als Miro plötzlich direkt vor ihnen aus dem Wasser schoss. Er schüttelte seine blonden Locken und bespritzte die drei Freunde mit Tausenden von Wassertröpfchen.

Selina und Sebastian sprangen erschrocken zurück und Zack kreischte laut los.

„Pass doch auf!“, krächzte er entrüstet.

„Entschuldigung.“ Wieder huschte ein schüchternes Lächeln über das Gesicht des Meerjungen. „Wartet einen Moment.“

Miro tauchte wieder ab. Mit seiner kräftigen Schwanzflosse bewegte er sich schnell durchs

Wasser bis zu der Nische, in der die Gestalt hockte. Er sprach kurz mit dem Wesen. Dann drehte er sich um und machte den Freunden ein Zeichen näher zu kommen.

Vorsichtig tasteten sie sich über die feuchten, rutschigen Felsen, bis sie schließlich in der dunklen Nische standen. Zack flog von Sebastians Schulter.

Als Selinas Augen sich an die hier herrschende Dunkelheit gewöhnt hatten, erkannte sie, dass es sich bei der Gestalt um eine Meerjungfrau handelte. Ihre Schwanzflosse hing schlaff in eine Wasserpfütze, die sich zwischen den Felsen gebildet hatte. Diese Meerjungfrau hatte wenig Ähnlichkeit mit den wunderschönen Wesen, die sie draußen auf den Felsen gesehen hatten. Zwar waren ihre Haare ebenfalls lang, aber nicht golden und seidig, sondern völlig verfilzt und schimmelgrün.

Während Selina sie ansah, hob die Meerjungfrau den Kopf und erwiderte traurig ihren Blick. Ihre smaragdgrünen Augen wirkten beinahe leblos. Dann streckte sie die Hand aus. Es war eine hilflose, mitleiderregende Geste.

„Jolana?“, flüsterte Selina unsicher und ergriff ihre Hand. Die Haut fühlte sich weich an, war zugleich aber feucht und kalt.

Die Meerjungfrau nickte schwach.

„Ich bin Selina und die anderen beiden sind Sebastian und Zack“, stellte Selina sich und ihre Freunde vor.

„Wir sind gekommen, um dir zu helfen“, sagte Sebastian nun, während der Rabe zustimmend krächzte.

„Ich schäme mich so“, flüsterte Jolana und entzog Selina ihre Hand.

Ihre Stimme war so leise und schwach, dass die drei sich anstrengen mussten, um ihre Worte zu verstehen.

„Ich möchte nicht, dass irgendjemand mich so sieht … mit Ausnahme von Miro. Er ist ein guter Meerjunge. Er bringt mir etwas zu essen. Ohne ihn wäre ich schon tot. Ich kann nämlich nicht mehr schwimmen, wisst ihr …“

„Wir werden dir helfen“, versprach Selina. „Wir bringen dich ins Wasser …“